MANUAL DO XAVEQUEIRO

MATRIX

MANUAL DO XAVEQUEIRO

Fabiano Rampazzo & Ismael de Araújo

Ilustração da capa:
Anna Thal

Revisão:
Adriana Parra

Dados Internacionais de Catalogação na Publicação (CIP)
SINDICATO NACIONAL DOS EDITORES DE LIVROS, RJ.

Araújo, Ismael de
Manual do xavequeiro / Ismael de Araújo e Fabiano Rampazzo.
- São Paulo : Matrix, 2006

1. Relações homem-mulher. 2. Namoro. 3. Sedução. 4. Relações humanas. I. Rampazzo, Fabiano. II. Título.

06-1243. CDD 306.7
CDU 392.4

Índice

Prefácio

Fala sério! Quem é que não gosta do bom e velho xaveco? É revigorante para o xavequeiro e faz bem ao ego de quem é xavecado(a). Então, viva o xaveco!

Foi pensando assim, de forma simples, direta e clara, que a dupla Fabiano Rampazzo e Ismael de Araújo aventurou-se a escrever este *Manual do Xavequeiro*, que poderia muito bem ser chamado de *A Arte de Xavecar*. Sim, porque é de lei, mas também exige talento, arte. Digamos que os dois autores sejam *experts* no assunto. E dividem com o leitor o gosto, os sucessos, frustrações e até fracassos do xaveco.

Sim, porque xaveco que é xaveco tem sempre aquele inevitável risco, o frio na barriga, um certo pânico disfarçado num risinho que pode ser encantador e se pretende safado: "E, aí, se não colar?". Às vezes, não cola mesmo, mas mesmo assim não dói. E, às vezes, cola tanto que dá namoro, casamento, uma penca de bebês. Aliás, foi graças a um xaveco bem-sucedido que conheci, casei e deleguei à humanidade duas maravilhas, a Manuela e a Marina. O xavequeiro foi o jornalista Gilnei Rampazzo. Lá se vão quase 30 anos e – imagine você! – até hoje o danado joga um xaveco danado pra cima de mim. E cola!

Quem xaveca está sujeito a um belo fora ou a um casamento, quem sabe, pela vida inteira. Ou seja, o xaveco pode dar certo ou não, mas, entre esses dois extremos, do fora e do casamento, há um mundo de oportunidades que não podem ser desperdiçadas: o olhar, o papo, a afinidade, um bom chope. Bem... o resto cada um imagina, ou exercita, a seu modo, não é? E ainda não inventaram forma melhor para o sujeito conhecer uma gostosa, ou inteligente, ou culta, ou simpática, ou charmosíssima.

Você não vai perder essa chance, e o livro é didaticamente dividido, considerando os "alvos": a mulher que você nunca viu antes, a que conhece um pouco, a que conhece bem e a que está ali, pertinho, ainda só amiga. Para cada uma, uma abordagem. Digamos que um jeitinho especial.

Quando comecei a ler o livro, imaginei que isso era coisa de homem para homem, clube do Bolinha, mulheres estão fora. De fato, faltou um pouco do xaveco feminino. Ou será que os dois, tão experientes, bons de bola, acham que as mulheres também não são, ou não possam ser, xavequeiras das boas?

Bem, para você, mulher, que está doida para saber o que os homens pensam e como articulam um bom xaveco, posso afiançar: "Meninos e meninas, eu vi". E gostei dos xavecos do Fabiano e do Ismael. Muito provavelmente, você também vai gostar e querer provar. Só tome um cuidado: pode virar vício!

O fato é que é muito melhor xavecar do que não xavecar. E só dois *experts* nessa arte eterna, e ainda por cima jornalistas, poderiam se arvorar a contar quem, como, onde e por que vale a pena, muito a pena, gastar um pouco da lábia e da ousadia para viver a vida com mais charme e com um pouco de paixão e de esperança renovadas.

Portanto, leia cada capítulo, cada linha, cada dica e saia por aí, traduzindo a teoria na prática. E tenha uma certeza: se você tem medo de xavecar, convença-se de que o mundo está cheio de gatas lindas, charmosas e, muitas vezes, carentes, doidas para serem xavecadas. E que, apesar dessa cultura obscena que transforma tudo em "assédio sexual", xaveco não tem era, não tem idade, não tem padrões, não tem censura nem fronteiras. Assédio sexual é grosseria e ameaça, ponto. Xaveco é encanto e arte. Xavecar é preciso. Xaveque e seja feliz! E assim caminha – e se multiplica – a humanidade.

Eliane Cantanhêde

Apresentação

Xaveco, logo levo foras

Penso, logo existo. Xaveco, logo levo foras. A água é molhada, o fogo é quente e o xavequeiro toma uns foras. São fatos que não podemos negar. Aliás, que não devemos negar. Entenda, caro leitor e amante da arte do xaveco, a **importância** do fora. É ele, o fora, que vai calejá-lo, que vai tornar você um cara mais humilde, mais corajoso, mais realista, mais sensível, ou seja, um melhor xavequeiro. Não há galã de novela das oito que não tenha levado foras na vida. E, se não levou, é porque não xavecou. Tomar um cambau de uma mulher é algo absolutamente normal e aceitável. Suas chances são, básica e inicialmente, de 50%, se levarmos em consideração que ou ela topa ou ela não topa. Se você não tem isso claro, se não tem consciência de que pode ser preterido pela gatinha, de que pode não interessar, na boa, é melhor nem xavecar. Sem essa clareza você pode se magoar mais do que deve, pode se traumatizar e até agredir a menina. Há caras que, por não aceitarem o fora, brigam com as minas em baladas, gritam, gesticulam, ou, em outros casos, buscam desmoralizar a mulher em seu ambiente de trabalho, na escola, inventam intrigas, fofocas, e por aí vai (dê uma olhada no que a gente fala sobre *Machismo*, na pág. 156). Da mesma forma, existem mulheres que, ao serem rejeitadas, espalham pra Deus e o mundo que o cara é gay. Você nunca ouviu uma história assim? Óbvio que tanto os homens quanto as mulheres que agem assim estão redondamente equivocados. Por favor, não é esse o caminho. Até porque não existe sedução e xaveco infalíveis. Ainda bem; do contrário, que graça teria? O maior gozo da conquista é exatamente você saber que ela não era garantida. Meu camarada, cogite sempre o fora como uma opção viável e aceitável. Se ele vier, indiscutível, não insista. Até porque o fora é um **direito** de toda mulher. Você teve autonomia ao se interessar por ela, ao achar a garota gostosa, bonita, atraente, teve o livre arbítrio de chegar nela para conversar, para fazer o convite e tudo o mais; pois bem, ela também tem essa autonomia e esse livre arbítrio de não te querer. Isso pode ser triste, mas é verdade. Claro, há algumas mulheres que não têm a menor sensibilidade ao dar esse fora. Outras chegam a faltar com a educação mais primária. Tudo bem, o problema é delas. Nesses casos, saia de cabeça erguida e dê graças a Deus por ter descoberto a tempo que aquela flor não era tão cheirosa quanto parecia. O que deve ficar claro aqui é que só leva foras o cara que tenta. Indo até mais longe, só leva foras o cara que consegue. Permita-se tomar os seus, e saia com um sorriso na cara, pronto pro próximo. Até porque "o próximo" pode ser substituído por um beijo na boca. Perceba que o mais importante é a sua ação, é a sua atitude em relação a um desejo que te acometeu (no caso aqui, chegar na mina que te deixou babando). Isso, chegar na garota, xavecá-la, já é muito legal. Fique orgulhoso de sua iniciativa e, por que não, orgulhoso até do próprio fora. Esse mesmo fora pode ajudá-lo a conseguir uma mulher mais interessante, bonita e agradável lá na frente. Xaveque, meu amigo, isso te basta. Seja feliz e faça do fora seu grande amigo.

Instruções Para o Melhor Uso de Seu Manual

Bem-vindo ao *Manual do Xavequeiro*. Para um melhor proveito desta excelente ferramenta humana que os homens agora detêm, recomendamos uma rápida leitura nas instruções que seguem.

Mulheres da minha vida

Seu Manual foi dividido em quatro partes. Por quê? Ora, porque existem, essencialmente, quatro tipos de mulheres com que você se relaciona durante a vida:

- Mulheres que você não conhece (Parte 1)
- Mulheres que você conhece pouco (Parte 2)
- Mulheres que você conhece bem (Parte 3)
- Mulheres que você conhece muito bem (Parte 4)

Pois bem, dentro desses quatro perfis, pensamos no maior número de lugares onde você pode, subitamente ou não, topar com uma princesa. E entendemos, sim, que o tipo de chegada deve ser diferente de acordo com a situação. Você há de concordar que colar numa mina que você achou linda numa balada (Parte 1) é diferente de chegar junto de uma delicinha que está na sua sala de aula (Parte 3). Uma você não conhece, não sabe nada dela e muito provavelmente não vai ver mais caso não se conheçam naquele instante. A outra você vê todos os dias, conversa com ela, sabe da sua vida – assim como ela da sua. São situações diferentes, que exigem estratégias e cuidados diferentes. Mas não se preocupe muito com isso, pois a própria redação de cada xaveco no livro vai te passar a medida certa para cada caso. Seu único trabalho será o de chegar junto e xavecar (trabalhinho gostoso, não?).

Quero essa mulher!

Aqui vai uma preciosa dica, que de tão óbvia poderia passar despercebida. Veja, meu brother, o que você tem nas mãos é mais do que um livro, é um Manual. Se você está lá, sofrendo de amores pelo anjo da sua academia, vá direto à página 98 e leia "Xaveco na academia 2", por exemplo, que é o que vai ser útil para você no momento. O *Manual do Xavequeiro* te dá esse atalho, você não precisa ler tudo para chegar aonde quer. Se você está na locadora atrás de um filme e vê ali, no meio dos DVDs, a Miss Blockbuster, claro que vai sacar seu Manual da mochila e relembrar bem a sua ação, sem demora, direto na página 48. Se você tá lá no metrô, e do nada vê aquela coisica que te tira os sentidos, meu Deus, óbvio, para que página você vai, rapaz? É isso, seu Manual é prático e foi projetado para essas situações de desespero também. É lógico que ele pode ser lido linearmente, de cabo a rabo; você na certa irá se divertir e aprender muito. Mas a vida vai sempre nos levar àquela específica página, sem aviso prévio, no doce gosto da surpresa. Faça do *Manual do Xavequeiro* um de seus melhores amigos, trate-o bem e não saia de casa sem ele. Nunca se sabe com quem vamos trombar nas calçadas da vida, não é mesmo?

Os discursos

Em grande parte de nossos textos, nos xavecos, você vai perceber que sugerimos pequenos discursos. Tudo o que for para **você** dizer à pequena vai **sempre** estar entre "aspas" e em *itálico*. Muito bem, é mesmo fundamental que esses discursos sejam ditos, mas atenção: eles não precisam ser decorados! Basta que você entenda o porquê deles ali e o seu conteúdo. A partir disso, amigão, você discursa da sua maneira, com as suas pausas e palavras. Você só deve dizer à risca o que está ali se isso de fato exprimir a sua verdadeira postura. Mas não há problemas em você fazer do seu jeito, isso pode acontecer sem que a força do discurso se perca. Só da sua maneira ele será verdadeiro e poderá surtir efeito. Leia, releia, entenda. Nós damos o passe, mas quem marca o gol é você.

Iconografia

1 – Interpretação – Esse ícone vai dar a você uma noção do nível de desenvoltura que você terá que dispor para executar bem o xaveco. Se a graduação deste ícone estiver alta, desperte o lado ator que existe em você. Em contraponto, há outros xavecos em que você será pouco exigido nesse item. Além da nítida presença indicativa do ícone de ***interpretação*** em todos os xavecos, você também irá notar até onde vai a sua necessidade de atuação conforme for lendo as instruções do xaveco em si. Mas atenção! Em alguns casos você só será convincente se realmente "atuar", usando as pausas nos momentos certos e sendo convicto quando tiver que ser. Contudo, a própria narrativa do Manual irá auxiliá-lo nisso. Você perceberá que xavecar com desenvoltura nem é tão difícil assim, pois, na verdade (e é aí que mora toda a dignidade de um xavequeiro) você irá representar um papel que conhece muito bem: você mesmo.

2 – Risco – Aqui iremos alertar você sobre a intensidade dos riscos que corre, sobre o seu nível de exposição. Há investidas mais sutis que vão deixá-lo bem à vontade no caso de um eventual insucesso. Mas em alguns xavecos sua exposição será grande e você deverá estar, no mínimo, ciente disso. Esses casos, muito provavelmente, só ocorrerão nas situações em que você for explícito ao relatar seu desejo por mulheres que verá novamente. Numa abordagem no meio da rua, por exemplo, mesmo que você aparecesse só de cueca com uma melancia na cabeça, o seu ***risco*** provavelmente seria considerado baixo. Você não conhece a menina, oras! Que importa?! Já uma atitude dessas com uma colega de trabalho, com uma moradora do seu prédio ou com uma gatinha da sua escola poderia ser um desastre. Fique atento ao nível de exposição que lhe será conferido. Analise a situação, o xaveco, e decida se realmente deseja arcar com as conseqüências. Conseqüências que podem incluir o sucesso da operação e a brota em suas mãos, não custa lembrar.

3 – Ousadia – Esse ícone vai avisar quão cara-de-pau você deverá ser para colocar o xaveco em prática. Ao ler o Manual, você irá notar a existência de xavecos que exigirão de você uma postura ousada, mas que não necessariamente implicará riscos ou grandes interpretações. Em sua maioria, os xavecos que exigem ousadia são aqueles que têm um apelo mais direto, em que a intenção é pegar a gatinha desprevenida

e surpreendê-la. Se você não é um cara-de-pau nato, não se preocupe, você pode deixar essas alternativas para aqueles dias em que estiver se sentindo mais à vontade para cometer "loucuras". Ou mesmo, por que não, experimentar bancar o papel do homem impetuoso. Pode ser divertido e, melhor que isso, pode dar certo!

PARTE 1

Xavecos em Mulheres Que Você Não Conhece

Nessa primeira parte do seu *Manual do Xavequeiro* você encontrará diversas abordagens, approachs, dicas e toques de investidas para aquela delicinha que, muitas vezes, do nada, apareceu na sua frente. Ok, esse é um desejo freqüentemente desperto em baladas noturnas. Entretanto, muitas vezes deparamos com verdadeiros anjos na fila do banco, no ponto de ônibus ou no trânsito congestionado, em plena luz do dia. E aí? Pra que deixar passar se há, sim, maneiras de você conseguir conquistar essa mulher, por mais absurda que a situação possa parecer? Dê crédito e vida ao seu espírito xavequeiro. E entenda essas situações em que você pode dar total liberdade à sua ousadia, surpreendendo a gatinha, que, em muitos casos, jamais imaginaria tal abordagem. Se você quer, sentiu desejo, tesão, ou mesmo uma intuição, permita-se lançar mão de alguns dos xavecos que relacionamos pra você. Pode dar certo! Você pode se dar bem e fazer daquela ilustre beldade desconhecida uma mulher feliz.

XAVECO NO AVIÃO

Interpretação - 🎭🎭
Risco - 💣💣
Ousadia - 🏆🏆🏆🏆

Pode parecer loucura, mas é exatamente o que você está lendo. O Manual não desconsiderou seu possível fetiche por aeromoças. Se você é um homem que tem o costume de viajar de avião, o botãozinho dessa tarinha já deve ter sido ligado em você alguma vez. Sejamos francos, uma aeromoça não é pra qualquer um. Mas, mesmo que suas aventuras pelos ares sejam raras – ou ainda inéditas –, nunca é demais ter na manga uma boa alternativa caso apareça a possibilidade de conhecer uma comissária de bordo. Aliás, aí vai o primeiro toque: elas não gostam de ser chamadas de aeromoças, e sim de "comissárias de bordo". Usaremos aqui no texto o termo "aeromoça" por ser mais popular, sem qualquer carga pejorativa; contudo, caso você use essa designação com a dama dos céus, faça-o sabendo dos riscos e tente usar isso a seu favor. Por exemplo, chame-a de aeromoça e em seguida diga "*hum, foi mau, você é comissária de bordo, né? Esse é o termo correto...*". Diga isso com um certo charme – o fato é que, seja lá qual for a resposta dela, você já criou uma empatia com a moça (sem *aero*), enfim, ela já vai saber que você é o cara X da poltrona Y. Mostre-se um sujeito agradável durante o vôo, um cara descontraído, bem-humorado; eis aqui uma ocasião em que piadinhas bobas são até bem-vindas. Mas não cometa exageros – sem demências, por favor. O **objetivo** é que, ao final da viagem, no desembarque, ela se sinta mais à vontade com você do que com os demais passageiros. E é possível conseguir isso com a quebra de algumas formalidades durante o vôo. Procure saber, durante a viagem, algumas coisas mais pessoais sobre ela. Obviamente sem invadir muito a privacidade, tudo tem seu limite. Pergunte o nome dela, se tem algum apelido, se viaja todo dia, em que cidade mora, se nunca tem enjôo... Seja esse cara curioso, mas justifique isso com seu bom humor. Construa essa aproximação. E, em casos de viagens mais longas, oceânicas ou transcontinentais, em que você pode dar rolês pelo Boeing, faça isso. Transite pra lá e pra cá e aproxime-se dela em momentos propícios. Mas atenção: toda aeromoça tem tendência a ser muito simpática e receptiva, é o trabalho delas. Ao mesmo tempo em que isso pode ajudá-lo, não se iluda! **Não**, ela não está, necessariamente, dando bola pra você. E **sim**, uma hora você vai ter que chutar o pau da barraca. E essa hora evidentemente é um pouco antes de você deixar o avião. Sabe aquela hora em que ela vem checar se seu cinto está devidamente apertado? Aí você dá o bote. Por quê? Porque se for pra tomar o fora e o clima ficar chato, que seja no final, para que você não continue sendo atendido por ela com aquela cara de *patso*. Porque esse é o momento em que você tem mais chances de ter um pouco de privacidade com ela, aumentando também suas chances de sucesso. E porque há nesse instante o apelo da despedida. Se ela gostou de você, por qualquer motivo, e sabe que pode nunca mais tornar a vê-lo, esse é o momento para que ela, quem sabe, se sensibilize. Ok, mas o que você quer? O bom e velho telefoninho. Por favor, agarrar a aeromoça dentro do avião não existe nem em cinema. Mais uma vez, a obtenção do fone tá mais que excelente. E aí, amigão, não tem muita alternativa, é pedir o tel na bucha! "*Então, você é uma simpatia, adorei você, me fala seu número, juro que quero te ligar*". Espere a resposta. No caso de uma negativa, cabe uma insistência. Você não tem nada a perder mesmo, e argumentos não te faltam. Se descer as escadinhas rumo à terra firme com o telefone da aeromoça (coisa boa, não?), fique feliz, mas prepare-se para essa ligação, pois a viagem mal começou.

DICA DO RAMPA:

A linha que separa o passageiro bacana do passageiro mala é muito tênue. Faça as suas gracinhas, ok, elas são necessárias para que um vínculo se crie com a aeromoça, mas fique atento aos excessos. Evite falar alto e nada de piadas de mau gosto. Opte pelas gracinhas charmosas e sutis.

DICA DO ISMÁ:

Não é lá muito ético troca de telefones entre aeromoças e passageiros, portanto, seja discreto nesse momento e tente pedir o número sem que ninguém ouça. Fale baixo, e se possível já entregue à moça papel e caneta para a anotação. Uma quinta orelha pode inibi-la e aterrar seu desejo.

XAVECO NA BALADA 1

Interpretação -
Risco -
Ousadia -

Na linha dos xavecos que primam pelo elogio às mulheres, vai aqui um toque de uma investida simples, light, que não vai exigir muito de você. Você tá lá, no meio da pista ou onde quer que seja, e gama na mina. Ok, até aí, nada de novo. Você caminha, se dirige à brota e, quando estiver ao lado dela, faz um rápido e convincente elogio e vai embora. Não pergunte nome, não se apresente, nem se sinta na obrigação de ouvir o "obrigada" que ela provavelmente diria. Diga o que quiser, parabenize-a, sorria e área! Se deseja realmente usar esse xaveco, não se empolgue. Você deve balbuciar, sem delongas, as palavras elogiosas à dama e dar linha na pipa. Só isso? Sim, só isso. Ao menos por enquanto. O fato é que para ela você foi um cara gentil, que a elogiou, mas que não quis conhecê-la. Fato talvez inédito na vida dela. Veja, até numa balada, mesmo você querendo agarrar aquela mina ali na hora, é possível plantar uma semente e colher a amora depois. Evidentemente você vai, mais tarde, voltar a falar com essa menina. Quanto tempo depois? Meia hora é um tempo razoável para que ela já tenha se esquecido do fato (e talvez ache que você não voltará a procurá-la), sem que você se arrisque muito a perdê-la para outro xavequeiro de plantão (você nunca é o único galã da noite, lembre-se disso). O grande lance é que, quando você for abordá-la novamente, não será um completo estranho, será "o cara dos elogios", "das sutilezas"; aí você pode até chegar e levar a idéia mais comum, tentando, claro, manter seu espírito galanteador. Esse é um xaveco que pode ser usado muitas vezes na mesma balada. Qual o problema de sair por aí elogiando as mulheres? Mas lembre-se de que você deve chegar na mesma mina depois, portanto, meça o tamanho da balada em que você se encontra. Há festas e casas noturnas com mais de duas mil pessoas; nesses casos, você não deve perdê-la de vista. Busque sinceridade nos seus elogios. Só diga que achou linda a tiarinha na cabeça dela se você de fato achou o arco bonito (pág. 152 - A arte do elogio). Mas isso não é tão difícil, a gente só se interessa pelo que realmente gostou, não é?

DICA DO RAMPA:

No instante em que for elogiar a garota, não diga que ela é "*simplesmente linda*", "*uma gatinha*", tente ser mais específico. Elogie o brinco, os óculos ou o cabelo. Seja um cara mais observador e menos previsível.

DICA DO ISMÁ:

Como, inicialmente, você vai dizer o elogio e ir embora, tente esconder que foi deliberadamente ao encontro dela. Faça parecer que você cruzou com ela por acaso, notou algo que lhe chamou a atenção e fez o elogio no impulso (o que eventualmente até pode acontecer).

XAVECO NA BALADA 2

Interpretação - 🎭
Risco - 💣
Ousadia - 🏆🏆🏆🏆🏆

Aproveite-se daquelas noites em que sua cara de pau está latejante e lance esta: você, largado na balada, elege uma brota em que pare, olhe e chegue à conclusão de que aquela é uma mina que você gostaria de conhecer. Ok, você vai à gatinha e, ao pé do ouvido, pergunta-lhe a graça. Evidentemente espera-se que ela diga o nome, e então você pega e diz: "*Ó só, na boa, vou ser muito sincero com você. Sabe o que eu quero?*". Ela diz (ou deveria dizer) "o quê?", e você emplaca "*queria te conhecer!*". Daí pode vir uma resposta não muito agradável, do tipo "tá, já conheceu"; bem, dependendo de como isso for dito, considere como um fora. Você foi sincero e direto; se ela for grossa nesse início é porque não é digna do seu desejo de conhecê-la. Mas, com qualquer outra resposta mais curiosa da parte dela, você deslancha a seqüência do xaveco. Diga que a estava observando fazia tempo, que ficou viajando sobre algumas coisas, "*fiquei pensando como seria a sua voz... O que você gosta de fazer? Gosta de viajar? Gosta de cinema? Teatro? Namora? Já namorou? É corintiana? Gosta de ler? Gosta de algodão-doce?*". Se você conseguiu fazer todo esse discurso, na boa, deu um grande passo. Você foi um cara original, cara-de-pau, mas ao mesmo tempo romântico, sonhador e até engraçado. Você despertou, na mulher, o desejo de exibir suas preferências, de falar de sua vida. Sublinhe e retome sempre o fato de você tê-la observado antes, isso passa uma idéia de fidelidade. Diga que notou o modo como ela dançava, como ela sorria, como arrumava o cabelo. Mostre que o desejo de conhecê-la foi crescendo, virou uma necessidade incontrolável. Você pode convidá-la ali mesmo para um programa futuro, afinal, você quer conhecê-la, lembra? Crie um clima sensual, tente levá-la para algum lugar mais isolado, seja convincente, mas não insistente. Demonstre interesse por ela, pergunte coisas; e se ela perguntar, por exemplo, se é uma entrevista, diga que sim, que você quer entrevistá-la, que se interessou pelas fronteiras que vão além da estética. Encantou-se com ela, é bom ouvi-la falar, e não se esqueça: conhecer uma mulher é também conhecer seu beijo.

DICA DO RAMPA:

Em determinado ponto da conversa, do nada, peça licença e pegue na mãozinha da brota. Acaricie e observe a mão dela, por alguns segundos, sem dizer nada. Ela deve perguntar por que está fazendo isso, aí você diz que "*uma das coisas que eu havia imaginado era como seria sentir sua mão, a textura, e é exatamente como eu pensei*".

DICA DO ISMÁ:

Antes de abordar a mina é importante que você realmente a observe. Isso dará subsídios aos seus futuros comentários. E não deixe de mencionar, logo no início, a palavra "conhecer". Esse é o mote de todo o seu xaveco.

XAVECO NA BALADA 3

Interpretação -
Risco -
Ousadia -

Sejamos francos. Quase sempre que nos dispomos a sair de casa pra ir a uma balada, a intenção é se dar bem. Falando um português mais claro, queremos conhecer gatinhas, beijar na boca. E, já que você foi pra guerra, lute até o fim. Uma vez na night, é de suma importância que você tenha na ponta da língua aquele xaveco estratégico pro fim de balada. E naquela situação que, aparentemente, não renderia nada, saiba que aquela gatinha que se mostra conformada com o que a noite lhe ofereceu pode, sim, compor o cenário ideal pra você, xavequeiro de plantão, colher a fruta mais saborosa da noite, num ambiente, à primeira vista, pouco propício. Pois bem, seja na fila do caixa, na porta do pico ou no estacionamento, o fato é que ela – assim como você – está exausta e pronta pra ir embora. Sua abordagem será simples, direta e tranqüila. Uma vez escolhida a brota, vá calma e decididamente a ela e pergunte: "*Seguinte... é... eu queria muito saber uma coisa... Onde você mora?*". Demonstre tranqüilidade. Como se já o conhecesse, ela poderá até cogitar que vocês moram no mesmo bairro. Intrigada, curiosa, ela deve dizer a região onde mora, e é aí que você emenda. Sem afobação, com extrema normalidade, você diz: "*Tá... me dá uma carona?*". Seja um cara pacato, até meio sonolento, mostre-se tranqüilo, inofensivo. Pense rápido num local entre a balada e a casa dela que seja útil para você e insista, com sensatez, no pedido de carona. "*Ué? Qual o problema de uma pessoa ajudar a outra?*". Explique que você veio com um amigo e que ele simplesmente o abandonou. Desperte a compaixão na gatinha, deixe-a condolente, sensibilize-a. Acredite, suas chances de ganhar uma carona da bela mulher que havia minutos nem sabia de sua existência são grandes. Claro que respostas como "o carro tá cheio" ou "tô de carona com um amigo, cê sabe como é homem..." podem pintar. Nesses casos, não insista. Lamente um pouco sua sorte e dê o arremate final: "*Ok, darei um jeito, então, mas gostei de você, sabia? Posso te ligar?*". Pronto. Pelo menos o telefone da criança você deve pegar. Ela tem tudo para lhe dar esse crédito. Diferente de caras que chegam bêbados e melosos nos fins de baladas, você se mostrou frágil, sensível, pediu ajuda. Ao mesmo tempo em que não foi um mala, manteve-se ponderado e elegante. Se for o caso, use esses argumentos, relembre-a dos motivos que ela teria para te dar o número, ora, você é um cara legal! Evidentemente que terá de trabalhar bem nesse futuro telefonema, fique atento *(pág 166 - Como proceder no primeiro telefonema)*. E nunca é demais alertar: se você foi contemplado com a carona, deve tomar uma série de cuidados e precauções *(pág. 162 - Procedimentos caso você ganhe uma carona da gatinha)*.

DICA DO RAMPA:

Nunca peça a carona antes de saber onde ela mora. O destino da moça dá credibilidade ao seu pedido. Se ela foi incapaz de dizer ao menos onde mora, é porque lhe falta a educação mínima que você espera numa gatinha. Peça licença e retire-se de cabeça erguida.

DICA DO ISMÁ:

Esse xaveco só funciona se você realmente não estiver motorizado na balada. Nunca inverta! Oferecer carona não é uma boa tática.

XAVECO NA BALADA 4

Interpretação - 🎭🎭🎭🎭
Risco - 💣
Ousadia - 🏆🏆🏆

Fala, meu amigo baladeiro, vamos a mais um xavequinho que você pode aplicar na tentativa de terminar a night feliz da vida. Esse aqui é para os que se dispõem a levar uma idéia maneira com a gatinha antes de qualquer ação mais conclusiva. Chegue na brota desejada, de preferência num momento em que ela não esteja dançando ou muito entretida num papo com a amiga, e diga: "*Oi, posso te propor um trato?*". Vamos torcer para que o humor e a curiosidade dela o ajudem, aí você vai e explica: "*É o seguinte: eu tenho uma coisinha pra te dar. Um lance carinhoso, uma surpresinha; confie em mim*". A curiosidade dela deve aumentar, assim como sua desconfiança. Preocupe-se em passar tranqüilidade em suas palavras, tente deixá-la segura com o seu próprio jeito de se expressar. E ela vai querer saber o que é a surpresa. Mas você justifica o trato dizendo "*eu te dou, mas em troca gostaria de uma coisa...*". Agora entra a sutileza do xaveco. Muito provavelmente ela vai desanimar com essa condição imposta, cogitando que você vá pedir em troca um beijo ou coisa do gênero. Com total sinceridade, expresse seu desejo de conhecer a menina e lance "*eu te dou o presentinho, mas em troca você me concede cinco minutos de papo, de uma boa conversa, fechado?*". Pronto. Você tem tudo para ter conquistado a simpatia da mulher. Você foi um xavequeiro original, generoso e ponderado. Ofereceu-lhe um presentinho em troca de uma conversa. Nitidamente priorizou a troca de informações entre vocês; há mulheres que sentem falta de atitudes assim. Claro, há também o outro lado. Existem baladas e gatinhas que não favorecem uma abordagem como essa, às vezes a coisa é bem mais na raça! Mas não subestime o poder desse xaveco, mesmo no pico mais alucinado ele pode funcionar. E você deve estar se perguntando: "O que eu vou dar pra brota?". É óbvio que depois de seu discurso, de sua proposta, você deve iniciar o papo (com que ela já deve ter consentido) com a entrega da tal surpresinha. Dê-lhe uma balinha Juca, um Bubbaloo, um coração recortado de um guardanapo, qualquer coisinha do tipo. O presente em si pouco importa, desde que ele venha precedido de um bom xaveco. Exemplo: "*Isso pode parecer bobo, é bobo, eu admito, mas juro que estou te dando de coração*"... e aí você entrega o Bubbaloo! Faça uma graça, tire sorrisos da moça, ela não vai estar esperando um colar de pérolas. Se isso der certo, aí, meu irmão, é com você. Seja um cara legal, convincente, competente, pegue na mão, faça carinhos e agarre a brota. Vocês estão na balada, o objetivo é beijar na boca, sim. Mas a torcida vai além; tomara que ela seja mais que uma bela mulher e que outros presentes lhe sejam entregues por você futuramente.

DICA DO RAMPA:

Quando mencionar que tem uma surpresa para ela, deixe claro que você já está de posse do tal presentinho. Esconda as mãos para trás, ou dentro do bolso, mostre a mão fechada ocultando a balinha, enfim, crie essa dramaticidade. Pode ser divertido. Um bom começo.

DICA DO ISMÁ:

Tente só entregar o presentinho depois que ela tiver topado o trato. Ou seja, só entregue o chiclete se ela consentir conversar exclusivamente com você, por no mínimo cinco minutos. Isso fará da sutil balinha, ou chiclete, ou coração de papel, um doce começo de conversa. Mas isso é uma jogada, não uma regra; se ela não quiser fechar o trato sem antes ver o tal presente, entregue-o mesmo assim.

XAVECO NA BALADA 5

Interpretação -
Risco -
Ousadia -

Fala, meu brother baladeiro, aqui vai mais uma agradável investida para ser usada, essencialmente, em danceterias, boates ou festas com pistas de dança. Isso porque para a utilização deste xaveco é necessário que a brota esteja dançando. Assim, lá está você, curtindo o som da pista, bebendo ou conversando com seus amigos, e eis que vê, no meio da multidão dançante, aquele anjo. Sua bebida perde o gosto, você não escuta mais seu brother, o mundo pára ante aquela rosa, sem espinhos, que insiste em dançar, dançar, dançar. Peça licença a quem estiver ao seu lado, procure um lugar privilegiado e observe-a. Sim, apenas observe-a. Note se ela dança de olhos fechados, se sorri, acompanhe a trajetória de seus cabelos no ar, procure alguma gota de suor naquele rostinho angelical, sinta como a música invade mente e corpo daquela menina fazendo-a dançar, dançar, dançar. Toda essa análise, apesar de estar sendo orientada aqui, deve se dar de maneira absolutamente natural. Verdadeira. Só dessa forma você conseguirá imbuir-se do desejo e emoção necessários para uma abordagem sincera e convincente. Espere que ela pare de dançar, nem que seja uma rápida pausa para descansar ou arrumar o cabelo, vá até ela e faça, no seu ouvidinho, o seguinte discurso: "*Eu tô te observando dançar faz uns quinze minutos, e juro pra você, fiquei emocionado. O jeitinho como você pisca os olhos, o quase-sorriso em algumas partes da música, suas mãos, sua entrega ao som, tudo isso mexeu muito comigo e, de verdade, já valeu minha noite. Obrigado, brigado mesmo*". Faça essa abordagem mesmo se a menina estiver no meio de amigas, e espere o comentário dela. O que se espera é que ela também se emocione, de alguma maneira, depois do que ouviu. E para isso ela tem de sentir verdade no seu discurso. E para isso ele tem de ser verdadeiro. Daí toda a instrução do início do xaveco. Vá também à página 152 do seu Manual e leia o ensaio "A arte do elogio". Vai ajudá-lo a entender a necessidade da verdade nos seus atos. Se tudo o que você disse foi sincero, se você viu realmente tal encantamento na menina dançando, nem mesmo uma grosseria da parte dela vai te perturbar – não se esqueça, em balada dá de tudo. Retomando o xaveco, espera-se uma boa recepção da menina, o que, naturalmente, pode desencadear um bom papo entre vocês e, claro, bons beijos na boca, que ninguém é de ferro. Se for o caso, depois de seu discurso e de uma agradável troca de palavras, pergunte apenas o nome dela e saia. Suma. Lembre-se, ela ainda está na pista, talvez queira dançar mais. Nesse caso, deixe explícito que quer muito conversar assim que ela parar de dançar. Depois, nessa conversa, além de temas óbvios e corriqueiros (o que faz, onde mora, quantos anos tem, do que gosta), retome sempre a magia que tomou conta de você ao ver a pequena dançar. Não seja muito repetitivo, mas não abandone nunca esse trunfo. Faça-a se sentir especial, como, aliás, de fato ela é.

DICA DO RAMPA:

Lembre-se de que sua aliada mais importante aqui é a pura e simples **verdade**. Assim, quando for dizer à menina que a estava observando havia quinze minutos, mostre-lhe o lugar em que estava parado. Isso dará credibilidade à sua história. Então, conte, com calma, como você se apaixonou pela música, pela dança e por ela.

DICA DO ISMÁ:

Nunca, jamais interrompa a dança de seu anjo. Você só deve se aproximar se tiver certeza de que ela parou de dançar. Como foi dito, ela pode até estar ainda no meio da pista, arrumando o cabelo, olhando o relógio, mas esteja seguro de que ela deu realmente uma trégua à música. Além de ser meio inconveniente, seria até um contra-senso você interromper algo tão bonito e que está te fazendo tanto bem.

XAVECO NA BALADA 6

Interpretação - 🎭 Risco - 💣💣 Ousadia - 🏆🏆🏆🏆🏆

Muito bem, vamos à versão mais crua, mais descarada e deslavada de xavecar uma mulher. Até pela desconcertante objetividade que esse xaveco exprime, ele é essencialmente recomendado para baladas. Consiste em você chegar na desejada brota, pedir licença e perguntar, com a maior simplicidade e sinceridade possível: "*Posso te xavecar?*". Pronto. Acabou. A pergunta foi clara e admite apenas duas respostas: **sim** ou **não**. Se receber um **não**, diga que tudo bem e saia com naturalidade. Já o **sim** pode vir disfarçado de diversas maneiras. Na verdade, qualquer resposta que não seja um sonoro "não" pode ser considerada um sim. Veja, ela estará, nesta hipótese, se permitindo ser xavecada, querendo ver aonde você vai chegar com essa pergunta absurda, e não dizendo que quer beijá-lo na boca. Não se afobe. Você será quase que literalmente testado. O fato é que essa é uma abordagem engraçada. Se a gatinha estiver de bom humor, pode dar corda na história só por curiosidade. Acredite, amigo, você foi original. Mas é evidente que, caso ela permita essa continuidade, seu desempenho mal começou. O truque é manter seu discurso descarado. Opte pela verdade acima de qualquer preço. Vamos a alguns exemplos do que você pode dizer no desenrolar dessa conversa: a) "*O lance é que você, por muitos motivos, me chamou a atenção. Fiquei com vontade de te conhecer, de beijar sua boca, ou seja, de te xavecar. E acho justo que esse xaveco só aconteça se você permitir. Por isso essa pergunta logo de cara*". b) "*Então, não quero fazer tipinho aqui. Vou manter minha sinceridade, mesmo que pareça óbvio demais. Ou seja, quero saber sua idade, onde você mora, o que faz da vida, essas coisas... Desculpe se tô sendo um mau xavequeiro, mas quero mesmo saber isso*". Óbvio, faça esse mea-culpa, mas seja, sim, um bom xavequeiro. Pegue na mão dela enquanto discursa, olhe-a nos olhos e continue na estratégia de dizer exatamente o que pensa. c) "*A verdade é essa, você me interessou. Lógico, senão eu nem estaria aqui. E confesso que eu tenho uma expectativa, sim, de que além de um beijo bom você seja uma mina muito legal*". É importante você mencionar a palavra "beijo". Deixe claro aonde você quer chegar com tudo isso. Continue o papo seguindo a linha do "homem em surto de verdade", e diga coisas que você mesmo, ali na hora, julgar apropriado e necessário. Se tudo correu bem nesse percurso, se você achar que foi aprovado pela gatinha, beije-a. O beijo na boca é o resultado do xaveco bem-sucedido. E ali, na balada, com a chegada que você deu, só lhe resta o beijo como objetivo. Claro que alguns percalços podem ocorrer durante sua xavecada, de forma que o beijo (ou mesmo sua tentativa) fique inviável. Aceite esse fora numa boa; você foi explícito em seu desejo e ela também tem o direito de ser. Mas com jeitinho e um pouco de sorte você pode provar a ela que não estava errado ao imaginar a sublimação que seria beijá-la. Sorte boa aos dois!

DICA DO RAMPA:

Logo no início do xaveco, caso você receba um **não**, recomenda-se a batida em retirada. Ok, mas isso não é uma regra. Se esse **não** foi dito com certo charme, ou se a brota for uma delícia incomensurável, vale uma insistida. Por que **não**?

DICA DO ISMÁ:

Evidentemente, durante todo o xaveco, da primeira à última frase, você deve manter um sorriso irônico na cara e o seu bom humor em alta. Não se esqueça, essa é uma abordagem engraçada, há o elemento cômico, traga isso a seu favor.

XAVECO NO BARZINHO

Interpretação -
Risco -
Ousadia -

Há muitas pessoas, homens e mulheres, adolescentes e quarentões, ninfetinhas e desquitadas, que preferem sair à noite para um barzinho em vez de encarar uma balada mais forte. E uma vez lá, no bar, não podemos nos furtar ao prazer de uma inesperada e arrebatadora paixão. Nos bares, um cenário que freqüentemente se vê é aquele com as mesinhas dispostas, você e seus amigos em uma e, na outra, um grupinho de meninotas. Fuja do convencional e evite sentar-se, deliberadamente, à mesa ocupada pelas meninas. Não que essa seja uma estratégia ruim; não é, o bar realmente sugere um bate-papo favorecendo essas investidas mais descaradas. Muita gente já se deu bem agindo dessa forma. Mas o xaveco proposto aqui é outro. Uma vez definida a musa da noite, tente, lógico, uma troca de olhares, de mesa pra mesa. Se isso acontecer, nada mal. Mas a não-ocorrência dessa paquera também não implica nada, a menina pode realmente não tê-lo visto. Bem, com ou sem troca de olhares, chame um garçom e peça-lhe que entregue um determinado objeto exatamente para a sua desejada. Deixe explícitas duas coisas ao garçom: quem é a gatinha que vai receber o tal objeto; e que a sua identidade deve permanecer oculta. Ele deve dizer "mandaram isso pra você", e só, sem revelar quem enviou o inusitado presente. Mas que objeto é esse? Qualquer coisa! Pode ser um clipe de plástico, uma moeda de 1 centavo, uma tampinha de garrafa, qualquer coisa palpável, resistente e pequena. Isso porque, vinte minutos depois, você vai até a mesa delas, pede licença, agacha-se perto da menina e se revela: "*Oi, sabe aquela moedinha que o garçom veio te entregar? Pois é, fui eu que mandei*". Não importa a reação da mesa, sejam risos, caras de indiferença, de incredulidade, de curiosidade, continue e explique: "*O lance é que essa não é uma moedinha qualquer, é a moeda da sorte do meu vô, estava comigo havia uns três anos, tem um puta valor pra mim, mas eu notei você aqui na mesa, senti uma coisa boa quando te vi, sei lá, pensei 'pô, essa mina merece ter a moedinha da sorte do meu vô'... e ela vai te dar sorte mesmo, tá? Pode acreditar!*". Diga tudo isso com um sorriso meio irônico na cara, faça mesmo o estilo canastrão, a história toda tem um fundo engraçado.

Conquiste-a pelo humor, pela originalidade. Não será difícil você ganhar a simpatia da mesa, as amigas devem dar risadas com tudo isso. Contudo, sustente a história da moedinha, ou clipe, ou tampinha da sorte até o fim. Em bares, normalmente, as pessoas bebem. As meninas ficam alegrinhas, e esse xaveco bem-humorado pode pegar. A partir daí, se tudo correu bem, engate um papo mais objetivo e, no mínimo, saia com o telefoninho da brota. Mas não esqueça, você está no bar, na night, na balada; agarrar a mina, provar o gosto da boca daquele piteuzinho que foi contemplado com a estimada moedinha da sorte do seu vovô é uma hipótese altamente viável. Dependendo das instalações que o bar oferece, e se o papo realmente engatou bem, tente levá-la para uma área "com menos barulho, com menos gente passando", seja sincero nos seus desejos e beije-a.

DICA DO RAMPA:

Tudo vai começar com o garçom. Logo, escolha um que inspire confiança. Opte pelos mais bem-humorados e espertos. Minimize os riscos nesse início. A má vontade de um garçom pode pôr tudo a perder.

DICA DO ISMÁ:

Se quando você chegou pra falar com a mulher a tal moedinha do seu vô já tiver sido jogada fora ou perdida – tudo pode acontecer –, faça um pequeno drama e eleja, rapidamente, outro objeto seu que também trará sorte à moça, e tire o avô do discurso. Se for o caso, saque outra moeda do bolso e diga que esta é mais especial ainda. Diga isso tudo sempre com muita convicção. Só assim ficará engraçado e diferente.

XAVECO NO CINEMA 1

Interpretação -
Risco -
Ousadia -

Ok, você resolveu pegar uma tela sozinho, ou com um amigo, enfim, o fato é que você não está acompanhado no cinema e, portanto, está livre para se apaixonar. Esse é um xaveco pra você tentar ganhar aquela delícia que sentou do seu lado na hora do filme (convenhamos que isso não é um fato de difícil ocorrência). Primeiramente, fique atento, pois é óbvio que qualquer gentileza de sua parte será bem-vinda. Assim, remova seu casaco da poltrona que ela irá ocupar, dê-lhe a devida passagem, ofereça a pipoca ou a bala. Mas não se exceda. Ela não foi lá pra conversar com você, ela foi ver um filme. Então, não puxe papo nem prolongue eventuais comentários, sua cartada virá depois que o filme terminar. Pois bem, o filme acabou, o letreiro subindo, os créditos, as luzes se acendem. Você vira para a moça e lança a clássica pergunta: "*E aí, gostou do filme?*". Evidente que alguma resposta vai vir, e, seja lá qual for, sua réplica já deverá estar na ponta da língua. Aí você diz: "*Pois é, cinema é uma coisa realmente incrível. Na boa, posso te fazer um convite?*". Provavelmente ela, no mínimo, vai querer saber o que é. "Que convite? O que ele dirá?" – coisas assim passarão pela linda cabecinha da gata. E você, então, que está sentado numa poltrona de cinema, no exato instante em que acabou o filme, com a musiquinha final ressoando nos alto-falantes, vira pra brota e diz: "*Vamos ao cinema?*". Claro que você deve dizer isso num tom de comédia, meio irônico, mas convicto. É um convite engraçado, dada a situação – vocês acabaram de ver um filme, estão no cinema –; talvez ela ria, talvez faça cara de interrogação, mas depois você vem e complementa: "*Claro que não hoje, mas amanhã, ou outro dia, vamos? Eu gosto de cinema, você gosta de cinema, vamos ao cinema, ué!? Topa?*". Depois desse diálogo descontraído – e você deve se esforçar para ser descontraído –, as chances de você pegar o telefone dela, marcar alguma coisa ou até sair do cinema direto para um barzinho não são pequenas, acredite. Esse é um xaveco em que você antecipa o convite, você faz dele (o convite) o próprio xaveco. Você induz a mulher a te dar o número ou a sugerir uma data. Você, mais uma vez, foi um cara decidido.

DICA DO RAMPA:

Caso a garota esteja acompanhada de uma amiga, não se intimide e proceda da mesma maneira. Isso pode ajudá-lo tanto quanto atrapalhá-lo. Ela pode se sentir mais solta ou mais vigiada. Ou seja, não há como saber, toque o bonde normalmente.

DICA DO ISMÁ:

No seu discurso de persuasão, depois do convite, você pode usar frases do tipo "*foi bom assistir a um filme ao seu lado, queria fazer isso de novo, oras*". Mantenha a postura homem-engraçado-e-gentil.

XAVECO NA FEIRA DE EVENTOS

Interpretação -
Risco -
Ousadia -

Imagine um lobo no galinheiro. Pois é, amigo leitor que, freqüentemente, visita feiras de eventos, ossos do ofício, né? Ali está você, cumprindo as obrigações do seu trampo e, ao redor, a cada passo, uma gatinha mais inacreditável que a outra. Imagine as seguintes situações: 1) Você, xavequeiro que é, necessita de um telefoninho no bolso para a hora de ir embora, por simples exercício do xaveco; 2) Você, no meio de seu envolvimento com o trabalho, se apaixona, gama em uma das beldades perdida naquele mar promocional. Ok, para as duas situações, a regra é clara: enxergue o que existe por trás daquela delícia toda. Boa parte das meninas que trabalham com promoção são inconformadas com a própria condição de "boneca de cera". Portanto, vá além. Mesmo que você se inclua no caso 1 (e tenha escolhido sua princesa da vez apenas por um critério gluteamente estético), transcenda. Aproxime-se da princesa, devolva-lhe o sorriso olhando-a nos olhos – mas não um sorriso sedutor, e sim um sorriso de saudação calorosa – e, em seguida, diga algo como "*olha, eu queria me desculpar com você...*". Nesse momento, faça uma pausa. Ela deve demonstrar certa dúvida, ou no olhar, ou verbalmente. Assim, prossiga: "*Então, é que eu tava ali, no outro estande, no meio de uma conversa importantíssima até, mas... na boa, me desconcentrei completamente...*". Outra pausa. Simule uma pequena tosse – isso mostra tranqüilidade – e continue. "*Pois é, me desconcentrei quando te vi. Olhei pra você e me perguntei, na mesma hora: 'Nossa, no que será que essa menina tá pensando?'*". Excelente. Você foi ao interior daquela beleza. Lembre-se de que, até aqui, você não pode ser galanteador, nem malandro, nem sedutor. Seja direto e simples. "*É, porque...*" – e nesse instante olhe em volta, para outras meninas que trabalham na feira – "*desculpa a sinceridade, mas eu não vejo em* ***nenhuma*** *garota aqui essa profundidade; você parece, mais que qualquer outra, querer coisas bem bacanas para a própria vida*". Dê então um sorriso trivial e entre no estande em que ela trabalha. Olhe os produtos, converse com alguém, até que ela, a princesinha do estande, volte a se ocupar com outras pessoas. Quando a menina estiver distraída, chegue de novo até ela, desta vez com o celular em mãos. Não lhe dê tempo para pensar e dispare: "*Me fala seu telefone...*". Diga isso com o mesmo sorriso simples que você utilizou durante o primeiro discurso. Se ela negar, engate aí este galanteio: "*Olha, entendo que você está trabalhando, mas até aí, eu também estou. E é por isso que quero te ligar. Quando eu iria imaginar que, no meio de um dia chato de trabalho, eu ia me deparar com esta grande interrogação que é você pra mim, neste momento? Sabe, quero te ligar, falar um 'oi' e confirmar que um dia de trampo pode ter seu momento especial*". Vá na fé. Se tudo der certo, você sairá dessa feira de eventos com muitos brindes das empresas e um telefoninho arrebitado no bolso.

DICA DO RAMPA:

Jamais elogie a beleza da moçoila. Ela é uma brota e ponto, senão não trabalharia com eventos – evite chover nesse molhado. Faça uma outra linha e, se for para elogiar, busque o sorriso que guarda um segredo, ou o avermelhadinho das bochechas.

DICA DO ISMÁ:

Normalmente homens que xavecam nesse ambiente vão pelo caminho de submeter a moça a uma condição inferior – "sou diretor não sei de onde", por exemplo. Fuja disso. Seja simples, é você quem deve se mostrar interessado pelos aspectos misteriosos que existem por trás daquela sainha. Não tente fazer sua autopromoção, a promotora é ela, não você.

XAVECO NA POUSADA/HOTEL

Interpretação -
Risco -
Ousadia -

Viajou? Pois é... se você tem uma trip marcada, e pretende se hospedar em algum lugar, leia com atenção e viaje também nesse xaveco. Ficar numa pousadinha ou num hotelzinho bem freqüentado não é nada mau. E isso às vezes acontece quando menos esperamos. As menininhas pulam pra lá, pulam pra cá, totalmente à vontade, naquele clima despojado que nós adoramos. Se você notou que há no seu hotelzinho, ou na sua pousadinha, uma princesinha com aquela brotice irresistível, prepare-se, pois é no café da manhã que você vai atacar. Em meio às frutas, sucos, pães, achocolatados e cereais matinais, eis o pitéu, irredutível em sua suculência. Na praia ou no campo, essa é a hora, esse é o lugar: o café da manhã. Depois da refeição, a tendência é cada um ir para o seu canto, fazer o seu próprio passeio. Os hóspedes só se encontram na fome matinal. Meu chapa, hora de ser ousado. Chegue nesse rango da manhã em um horário coincidente com o dela; ou chegue cedo, assim que o salão abrir, e espere que a menina apareça. E vire-se para conseguir essa proeza, o fato é que vocês têm que se trombar nessa hora. Ok, solucionada essa questão, lá estão vocês, à mesa do café. Sirva-se e vá, de pratinho recheado, na direção dela. Diga: *"Na boa, tô a fim de companhia nesta manhã, mesmo porque queria bater um papo sobre este lugar, de repente você conhece aqui melhor que eu, sei lá..."*, e vá se sentando. Pergunte o nome dela, de onde ela é, o trivial. Alimente a idéia entre vocês, anime esse desjejum. Sem enrolação, pergunte que programas ela já fez ou pretende fazer e fale sobre os seus. Com uma simplicidade atroz, faça um convite para conhecerem algum pico diferente, juntos, no dia seguinte. Note que o ponto crucial deste xaveco está nesse convite, na já mencionada simplicidade atroz com que ele deve ser feito. Faça com que pareça a coisa mais normal do mundo, como se isso já estivesse marcado há meses. Óbvio que é importante você estar informado sobre as atrações da região. Convença a mina de que o passeio vale a pena, insista, ela não mora nesse lugar, e aqui vale a máxima do "ou tudo ou nada", não dá pra embaçar. No mais, claro, será ótimo se ela estiver comendo seu pãozinho sozinha, mas se estiver com as amigas, tudo bem, nada muda, chegue junto, proceda da mesma maneira, se enturme; nada mau tomar o seu leitinho com chocolate ao lado de meia dúzia de gatinhas.

DICA DO RAMPA:

Se você sentir confiança, surpreenda a moça e durante o café admita a sua investida: "*Posso ser franco? Na verdade eu vim aqui porque tava com uma puta vontade de te conhecer*". Dizer isso pode ser uma boa, até porque você já diz logo a que veio; se ela topar o tal passeio do dia seguinte já vai saber que não será um programinha de amigos.

DICA DO ISMÁ:

Deu certo e você está acompanhado no seu café da manhã? Ok, malandro, mas coma direitinho, devagar, não pega bem a mina presenciar um javali em seu processo digestivo. (Até porque essa menina, apesar de ser uma completa desconhecida, vai te fazer companhia por alguns dias na pousada, tá?)

XAVECO EM FESTINHAS 1

Interpretação - 🎭🎭🎭
Risco - 💣💣
Ousadia - 🏆🏆

Sabe aquelas festinhas menores, que normalmente comemoram o aniversário, a chegada ou a despedida de alguém? Aquelas reuniõezinhas em apartamentos com um número limitado de pessoas, das quais muitas podem lhe ser desconhecidas, mas não necessariamente estranhas. Quem nunca foi em festinhas como essas? Não chegam a ser baladas, mas muitas vezes elas nos presenteiam com verdadeiras delicinhas – e não estamos falando dos canapés, hein? O interesse por uma mulher nessas situações é despertado das mais diferentes maneiras. Pode ser porque você olhou e gamou numa amiga brota do aniversariante, ou porque rolou um charminho com uma mina na hora que você foi pegar uma cerveja no balde de gelo. A primeira situação é mais complicada. Como chegar naquela gatinha que está rodeada de pessoas, algumas das quais possivelmente você até conhece? Vamos deixar essa abordagem para o xaveco nº 2 deste mesmo tema, ok? (pág. 40). Mas, se o destino te presenteou com uma situação que possibilite um contato com ela, sem grandes malabarismos, não deixe a bola passar. Seja na coincidência do encontro dos dois no balde de cerveja, na entrada e saída do banheiro, num guardanapinho que ela deixe cair e que você se abaixa pra pegar, enfim, se pintou, ao acaso, o olho no olho, faça um charme, uma expressão interrogativa e emende "*eu não te conheço de algum lugar?*". Calma, gente, sem desespero, até porque é isso mesmo. Se há um lugar onde esse jurássico xaveco pode pegar, esse lugar é aqui. Vocês não estão nessa festa por acaso, há um ponto convergente na presença dos dois. Vocês têm conhecidos em comum. Ou seja, seria possível, realmente, que você a conhecesse de algum lugar (mesmo você sabendo que isso não é verdade, ela vai cogitar a hipótese). Quanto ao universalmente gorado e malsucedido "eu não te conheço de algum lugar?", você pode até trazer essa obviedade a seu favor. Quando for dizer a frase, faça-o meio que sorrindo, como que já admitindo a falta de originalidade, e em seguida complete dizendo "*nossa, desculpa falar essa frase manjada, mas é que é verdade, cê não me é estranha*". Faça um charme, tire sarro de si mesmo, mas insista na possibilidade de realmente conhecer a gatinha. Pergunte de onde ela conhece o dono da festa e por aí vai. Deixe em stand by a suspeita de conhecê-la ou não, termine esse assunto se apresentando e perguntando o nome dela. O lance é que, a partir disso, um papo entre vocês estará iniciado. Pergunte o que ela faz, coisas sobre a vida dela, do que gosta; lembre-se, vocês estão numa festinha em que o ato de "bater um papo" é a principal atividade. Não é uma casa noturna, não há pista de dança. Seja um cara agradável e insista na conversa. Cabe a você sentir se há espaço para beijar a gatinha ali, ou se a melhor estratégia é garantir um futuro contato. Isso tudo depende muito do tipo de festinha, do espaço físico que o ambiente proporciona, e evidentemente da disposição da mulher para com você. O bacana é que você pode fazer desta desusada investida a sua maior parceira para conhecer a brota que perseguia com os olhos desde quando chegou à festa. Perceba como é possível ser original onde à primeira vista não há originalidade alguma. Boa festa, ou melhor, bom fim de festa!

DICA DO RAMPA:

Só use esse xaveco se realmente rolar um acaso e vocês se toparem no meio da festa. Ir até a mulher e abordá-la com a famosa pergunta não é legal. Faça a coisa parecer espontânea.

DICA DO ISMÁ:

Em cima da dica do Rampa, não fica difícil imaginar que é possível você provocar esse acaso. "Force" um encontro casual num ponto estratégico da casa e lance, com total naturalidade, a pergunta.

XAVECO EM FESTINHAS 2

Interpretação - 🎭🎭🎭🎭🎭
Risco - 💣💣💣
Ousadia - 🏆🏆🏆🏆🏆

Pois é! Você foi meio desencanadão praquela festinha no apê do seu brother, ou coisa que o valha, o fato é que nunca imaginaria que naquela noite iria se apaixonar perdidamente. Mas lá está você, completamente desnorteado. Mal ouve o que seus amigos dizem. Mal sente o gosto da breja, do vinho ou do guaraná. E lá está ela. A simpatia em pessoa. Sensual na medida certa. Charmosa na medida certa. Medidas na medida certa. Um pitéu. Uma coisinha. Mas, com um pequeno agravante: ela mal sabe de sua existência. Está lá, de papo pro ar, no meio da roda de pessoas que você também mal conhece. É comum nesses tipos de festas reunirem-se grupinhos de pessoas mais chegadas. Mas há também uma grande disposição para que esses grupos interajam entre si, afinal, todos têm (normalmente) ao menos um amigo em comum. Você pode torcer por essa interação e então tentar se aproximar da gatinha. Mas se não estiver com paciência para isso, se seu desejo de conhecer a mina ganhou proporções incontroláveis, espere o momento em que ela tiver tomado a palavra na roda, passe despercebido pela galera, peça uma rápida licença para o pessoal, interrompa a moça e o assunto e elogie (olhando nos olhos de seu amor) a sua voz: "*Desculpa interromper, mas sem querer ouvi você falando aqui e... nossa... não teve como deixar de notar... que voz bonita que você tem! É isso... Desculpa... mas eu precisava dizer isso!*". Esse discurso deve ser dito com **total** competência. Vamos a alguns toques específicos a ele. 1) Mantenha, o tempo todo, um leve sorriso no rosto. Não fale rindo, mas sorrindo. O que você está dizendo é engraçado. As pessoas vão achar graça. Não seja carrancudo, seja simpático. 2) Note as pausas que você deve fazer indicadas pelas reticências (...). Aqui elas são de extrema importância. Não vomite, mas recite seu discurso. 3) Na parte do "*é isso...*", ao qual se segue um segundo pedido de desculpas por sua intromissão, volte o olhar para as demais pessoas. Até então você vai estar olhando para ela. Mas, no final, dê uma rápida passada de olhos em todos à sua volta. Findo o discurso, peça licença e retire-se. Vá beber alguma coisa, converse com seus amigos. É evidente que, se tudo correu bem, você ganhou o direito de mais tarde dirigir-se à sua musa e perguntar seu nome, iniciando um papo. Você foi um cara simpático, irreverente, engraçado, diferente. Ela deve recebê-lo bem. Nesse caso, converse sobre coisas normais, e os procedimentos são aqueles do xaveco nº 1; se der, agarre-a ali mesmo, senão, telefoninho no bolso. Mas outra hipótese possível e que não pode ser descartada é a de, ao final de seu discurso, você ser convidado, de alguma maneira, a permanecer na roda. Uma outra pessoa pode perguntar-lhe alguma coisa, entrar na brincadeira, desencadear um novo papo no qual você será o epicentro. Evite que isso aconteça, tente deixar a roda o quanto antes e manter seu plano A, descrito anteriormente, em ação. Mas também não estrague tudo com uma saída grosseira; se for convidado a entrar no grupo, meu amigo, aí é contigo. Seja você mesmo e torça para que ela e seus amigos gostem de você. Esqueça um pouco a mulher nesse caso, não é legal ficar xavecando a mina no meio da roda. Dê atenção a todos. Mais tarde, como já foi dito, você se aproxima dela e dá a cartada final. Você pode perceber que esse xaveco descreve uma difícil missão. Não é toda noite que nossa cara-de-pau está tão latente. Mas, como relatado no início, tudo vale a pena se a gata não é pequena.

DICA DO RAMPA:

Quando estiver levando o papo com a gata (seja ela pequena ou não), lembre-se do galanteio que você fez horas antes e elogie, subitamente, outra vez, a sua voz. Desta vez de um jeito diferente; diga algo como "*nossa, fala mais... como é bom ouvir sua voz...*".

DICA DO ISMÁ:

Para pegar o telefone da brota você também pode se valer do argumento inicial da voz dela. Como seria aquela vozinha ao telefone? Que coisa legal que deve ser apenas ouvir a voz da gatinha! Faça essas brincadeiras como reforço no seu pedido do número. Se der certo, opa! Página 166.

XAVECO NA FILA DO BANCO

Interpretação - 🎭🎭🎭🎭🎭
Risco - 💣
Ousadia - 🏆🏆🏆🏆

Aqui está um xaveco para ser usado por quem tirou a sorte grande. Trombar uma brota na fila do banco é maravilhoso. Primeiro porque uma parte chata do seu dia ganhou pelo menos uma bela paisagem. E segundo que a gatinha não tem escolha, vai ter de ficar por ali até chegar ao caixa. Ou seja, você tem tempo de sobra para desenvolver sua investida. E a manha aqui é encarar. De que jeito? Encarando, até incomodar a menina. A distância entre vocês dois é pequena o bastante para ela te sacar rapidinho. Dê um tempo curto entre sua encarada e o ataque. Você vai notar que ela te percebeu através de uma olhada, ou se ela começar a se mexer demais ou de menos. Pode ser também que ela não esboce reação alguma, mas o importante é você deixar claro que está olhando. Ela deve concluir que você vai abordá-la com uma bobagem qualquer, então, surpreenda-a. Solte um sorriso debochado, só para você, mas faça com que ela perceba. Volte à sua seriedade e, poucos segundos depois, outro sorrisinho. Faça parecer que ela é o motivo da chacota, e, antes mesmo de terminar esse segundo sorriso, dirija-se a ela e diga: "*Desculpa, foi inevitável, é que passou uma história pela minha cabeça...*". Receptiva ou não, ela vai ficar curiosa. Prossiga: "*Qual é o seu nome?... Não, não precisa responder, melhor eu explicar antes. É que eu imaginei 'pô, nada fácil, nos dias de hoje, conhecer alguém bacana... mas e se, pois é, e se essa pessoa bacana estiver bem aqui, na minha frente* (ou atrás)*?'. É isso, nem te conheço e concluí, numa boa, que das duas, uma: ou você é uma pessoa muito legal ou é uma chata. E essa regra vale pra qualquer pessoa, né? Que louco... O problema é que, depois de pensar isso tudo, fiquei curioso. Como é o seu nome?*". Você foi um cara esquisito, tudo bem, mas o acontecimento foi inusitado. E você mostrou seu bom humor sem babar o ovo, afinal, cogitou até a possibilidade de a menina ser uma chata. O raciocínio aqui é fazê-la provar o contrário. Continue o discurso, ela dizendo ou não o nome, e não pense que está falando demais, você só está fazendo o gênero "filósofo em surto". Faça perguntas cuja resposta ela não terá como sonegar, por exemplo, se é ou não correntista daquela agência. Comente o óbvio, algo como a precariedade dos serviços bancários (quem não fica puto com uma boa fila?). Faça-a falar por que está ali e, dependendo da resposta, comente e trace paralelos com a sua vida. Por exemplo, se ela foi pagar a conta de telefone, meta o pau na companhia telefônica responsável e em seus preços abusivos. Diga que também não agüenta mais. Em algum momento, descontraia o papo e elogie algum detalhe na gatinha (pág. 152). Brinque com a vaidade dela. Se o papo estiver bom, quando o caixa estiver próximo, peça para ela esperar e saiam juntos do banco. Se você terminou antes as suas burocracias, espere-a, óbvio. Na hora da despedida, elogie o papo agradável que tiveram, peça o telefone e beije-a no rosto. Mas, se você viu brecha para um vôo mais alto, se está disposto a arriscar tudo em nome do desejo inadiável, depois de pegar o tel da menina, lance o seguinte: "*Lembra como começou nosso papo?... Pois é, a curiosidade, ser bacana ou chato... Então, mesmo, estou com outra curiosidade aqui*". Faça um suspense, crie um clima de tensão e mande ver: "*Como será o gosto do seu beijo?*". Se ela for muito receptiva, se der risadinhas ou responder com alguma piadinha instigante, bem, demorou, ataque e beije-a. Mas se a resposta for mais fria ou muito espantada diante da sua ousada proposta, diga algo como "*mas vamos manter essa curiosidade por mais tempo*", dê um sorriso e diga que vai ligar qualquer dia desses. Na hora do telefonema, vale uma passada pela página 166 do Manual. É isso aí, e vivam as filas de banco!

DICA DO RAMPA:

No seu pedido para saírem juntos do banco, para a menina aguardá-lo caso termine o atendimento antes, se houver uma recusa – provavelmente ela vai alegar pressa – não insista, mas peça o telefone ali mesmo. É a chance que lhe resta de conseguir algo mais tarde.

DICA DO ISMÁ:

Tenha claro com você, caso opte pelo beijo na boca na hora de se despedir, que este é um passo arriscado que pode não dar certo. Isso nunca é o fim do mundo (levar um fora), mas cogite, sim, vivenciar a triste cena do rostinho virando na hora do seu ataque.

XAVECO NA HAPPY HOUR

Interpretação -
Risco -
Ousadia -

Tudo bem que a happy hour é propícia pra você chegar mais perto daquele pitéu que trabalha com você, mas bares com esse perfil revelam mais surpresas do que imaginamos. E as gatinhas que trabalham em outros lugares? Ótimo, mas aí você poderá dizer: "É, mas essa aí está sempre com os marmanjos do trabalho dela!". É verdade. E é aí que está o diferencial. Você é um desconhecido para ela. E é por esse viés que seu xaveco vai enveredar. A rapaziada do escritório ela já conhece, vê o dia inteiro, você é a novidade. Para o melhor uso deste xaveco, evite flertar de longe, é bom que você nem seja visto por ela antes da aproximação. O importante aqui é você fazer um tipo decidido, é por aí que sua postura vai se nortear. Comece sua ação pedindo uma bebida qualquer, alcoólica ou não, mas uma bebida diferente. Vale desde a caipirinha de kiwi ao suco de umbu. Beba um quarto do copo, levante-se com ele na mão e vá em direção à brota. Chegue perto, com uma simpatia sutil, pare na frente dela e chame-a. Mesmo que ela esteja junto de "todo mundo", chame-a. Se ela vier de cara, excelente. Senão, insista, dizendo que tem algo importantíssimo e urgente para dizer. Quando ela chegar, afastem-se um pouco do grupo (não muito, para não assustar a moça) e diga: "*Oi, tenho uma dúvida e só a sua opinião vai me servir*". Ela deve responder algo como "mas você nem me conhece!". Sinta-se feliz e diga que isso é ótimo. Prossiga: "*Poxa, que bom que eu não te conheço. Toda sexta eu venho aqui com o pessoal do trabalho, eu curto eles, claro, mas hoje eu queria algo diferente. Sempre peço suco de morango, hoje pedi de umbu. Pois é, umbu. E o interessante é que eu nunca tinha conhecido ninguém diferente por aqui e queria oferecer um gole do meu suco de umbu para alguém desconhecido, que não fosse do meu trabalho. Pode até ser viagem minha, mas... aceita um gole? E me diz o que você achou do suco?*". A não ser que a mocinha seja um cubo de gelo em forma de mulher, ela vai provar. Depois do gole diga, meio comovido, meio irônico: "*Ainda não sei o seu nome, nem você o meu. E hoje eu estou aberto ao novo. Na boa, me fala seu nome e seu telefone, não quero atrapalhar a sua balada, mas adoraria te ligar e conversar com você um dia*". Se ela vacilar, diga com bom humor: "*Até do meu suco você bebeu... Que mal tem um telefonema? Vamos lá, diz*". Sensibilize-a com frases engraçadinhas como "*pô, dois trabalhadores, nada mais justo. E tem outra, vou ficar feliz da vida se terminar meu suquinho de umbu com seu telefone no bolso!*". Se mesmo assim ela não der o telefone, não insista mais e volte para a sua mesa com tranqüilidade. Peça outro suco, dessa vez de cajá-manga. Volte à mesa da brota e repita o procedimento.

DICA DO RAMPA:

Caso a gatinha nem se levante para ouvir o que você tem a dizer, te deixando ali, de copo na mão, bem, considere isso um fora. Sim, ela foi grossa, zero de sensibilidade, mas é um direito dela. Não vá derramar o suco na brota por causa disso. Diga baixinho, quase que para si mesmo, algo como "*então tá, azar seu*", e volte ao seu lugar. Não foi dessa vez. Beba o suco.

DICA DO ISMÁ:

Vamos agora cogitar o outro lado da moeda. O pitéu não só ouviu o que você tinha pra dizer, não só deu o telefone como foi, nitidamente, muito com a sua cara. Use toda a sua sensibilidade, analise o terreno e cogite, sim, agarrar a mina ali mesmo. E põe happy hour nisso!

XAVECO NA LIVRARIA

Interpretação -
Risco -
Ousadia -

Taí, a livraria. Eis outro ambiente que definitivamente é bem freqüentado. Mulheres de todos os tipos vão à livraria atrás de livros de todos os tipos. A sugestão aqui não é que você vá até a livraria mais próxima para xavecar meninas, mas sim para ficar atento quando de fato for precisar comprar ou consultar um livro. Uma abordagem interessante, ousada e irreverente, mas acima de tudo pertinente, é chegar para a gatinha que está remexendo as estantes com um doce pedido: "*Por favor, posso te pedir uma coisa?*". Diga isso com simpatia, com toda a educação e serenidade que um ambiente como uma livraria requer. Ante a provável interrogação da moça, prossiga: "*Eu queria que você me indicasse um livro*". Ao proferir essa segunda frase seria interessante o uso de uma sutil risadinha. Dê a entender, com essa sutil risadinha, que você não a está confundindo com um atendente livreiro. Deixe transparecer a sua ciência de que isso tudo é meio nonsense, incomum e até cômico. Seguindo nas projeções do que deve ocorrer nesse diálogo, ela, a delicinha da livraria, deve exigir explicações sobre o fato. Isso pode vir com um simples "eu? Indicar um livro? Como assim?", ou mesmo com a já cogitada resposta "desculpe, mas eu não trabalho aqui", enfim, seja lá qual for o comentário, dê a ela a justificativa de sua abordagem e de seu pedido: "*É o seguinte, eu tava te observando ali de longe, o jeito como você olha os livros, mexe nas coisas, sei lá, fiquei meio que viajando, mas você me transmitiu uma coisa boa, uma sensibilidade, mesmo sem eu te conhecer, acredite! Aí me deu uma vontade de ler alguma coisa sob sua indicação. Acho que seu palpite seria interessante e bom para mim*". Ao mesmo tempo em que isso pode envaidecer a moça, afinal você enxergou na estética e nos trejeitos dela uma autoridade literária e intelectual, pode também fazer com que se sinta pressionada. Cria-se uma expectativa em cima da mega-sugestão da gatinha. Livre-a desse peso. "*Olha, antes de você falar qualquer coisa, eu quero deixar claro que não espero nada extraordinário, filosófico, quero apenas ter o prazer de ler alguma coisa indicada por você, que me passou uma coisa tão boa. Se você me indicar um gibi da Mônica tá tudo bem, desde que seja com sinceridade*". Não transforme essa conversa num papo sério, professoral. Diga tudo com humor, com a tal risadinha, faça a moça pensar que você está tirando uma com a cara dela. Óbvio, se ela cogitar isso, negue, até porque não é verdade mesmo. A coisa toda deve ser engraçada, mas é real. Você quer mesmo ler algo que aquele pitéu lhe indicar. Mas veja, não precisa comprar o tal livro no mesmo dia; se for o caso, diga que só foi à livraria pesquisar, que está sem a carteira, e em último caso vale a anotação do título e do autor num pedaço de papel. Não há a necessidade de vocês entrarem em assuntos mais pessoais – caso a moça realmente indique um livro pra você, já existirá o pretexto para angariar o número dela. Pergunte seu nome (caso ainda não o tenha feito) e peça o tel dizendo que vai ligar pra dizer o que achou do livro. Note que esse pedido de telefone é absolutamente normal e justificável, você vai passar momentos de sua vida lendo algo por indicação da moça, é justíssimo que possa comentar com ela depois. Ela não terá por que recusar. Mas, caso recuse, cabe uma boa insistência da sua parte; motivos para tal não te faltam.

DICA DO RAMPA:

Se a indicação dela foi um catatau de mais de duzentas páginas, você não precisa terminar o livro para dar o telefonema. Procure, logo no início da obra, alguma passagem interessante e ligue com o pretexto de comentar isso com ela. A partir daí, claro, engate um papo mais informal. (Antes de ligar, pág. 166)

DICA DO ISMÁ:

E se a moça não quis (ou não soube) indicar um livro? Se essa recusa foi acompanhada de uma secura e até uma certa grosseria, seja ponderado e considere isso como um fora. Porém, se ela não soube indicar nada, mas se mostrou receptiva, continue a agradável conversa e peça o telefone no final.

XAVECO NA LOCADORA

Interpretação - 🎭🎭
Risco - 💣
Ousadia - 🏆🏆🏆

É isso mesmo que você tá lendo, não se faça de desentendido. Se você já pisou alguma vez na vida em uma locadora de filmes – e isso deve ter ocorrido –, sabe muito bem as brotas que vira e mexe vão alugar um DVD ou uma fitinha para o fim de semana. Caso você tope com a Scarlett Johansson da sua vida, com a delícia de sua locadora, aqui vai um xaveco inusitado para essa situação. O negócio é o seguinte: você escolhe uma fita ou DVD, vai na maior cara-de-pau em direção à musa e pergunta "*dá licença, cê já viu esse filme?*". Torça para ela dizer **não**, "não vi". Aí você emenda que ela tem que ver, que gostaria muito, muito mesmo, que ela assistisse ao filme. Seja convincente, quase emocionado. Ante tal abordagem, é possível que ela pergunte o porquê disso, e, mesmo se não perguntar, você emenda dizendo "*eu observei você e sei lá porque me lembrei desse filme... Não sei explicar bem, mas é a sua cara, queria muito que você assistisse*".

Não entre em detalhes sobre o filme, você não quer contar a história pra ela, quer que ela assista. Algum interesse, curiosidade, deve pintar na mulher. Até por educação, ela deve agradecer a sugestão. E nessa hora, em que ela está aceitando a idéia de pegar o filme, mesmo que em outra ocasião, num outro dia, é que você lhe comunica que pagará a diária do filme para ela. Note que você não vai se oferecer pra pagar, você vai avisá-la de que irá pagar. Se for o caso, diga até um sonoro "*já está pago*", e ponha o filme na mão dela. A decisão já está absolutamente tomada. Não há o que discutir. Motivos para justificar você tem de sobra: "*Foi idéia minha, eu que te abordei com o filme na mão, é um presente que eu vou adorar te dar*", e por aí vai. Se tudo correr conforme o planejado, você terá o óbvio pretexto para pegar o telefone dela – vai querer saber o que ela achou do filme, se gostou, não gostou, por quê... Assim, de posse do tel da brota, volte feliz da vida para casa e leia a página 166 do seu Manual algumas vezes. Fazendo essa linha é possível que você saia da locadora sem que ela saiba quase nada de sua vida, e vice-versa. Mas o assunto em pauta foi o filme, não se afobe, a semente está plantada. Você terá ainda o papo pelo tel para saber mais da vida da gatinha. Esse foi um xaveco não declarado, sua postura foi muito mais de um homem gentil e sensível do que a de um xavequeiro. Mas você foi xavequeiro. Por mais camuflado que esteja, ninguém sai por aí dando locações de filmes à toa. Agora é torcer para que ela curta o filme e você.

DICA DO RAMPA:

Pelo amor de Deus, não vá indicar *Rambo*, *Clube da Luta* ou *Garganta Profunda* para a mulher! O ideal é um clássico, até porque as chances de a moça ter assistido diminuem. Genericamente falando, um filme do Chaplin pode pegar bem. É engraçado, divertido e conta ainda com a sensibilidade do cinema mudo. Como se trata de uma mulher, de uma situação de conquista, fica a dica de *Luzes da cidade*, de Charles Chaplin, 1936.

DICA DO ISMÁ:

E se, quando você perguntar "*dá licença, cê já viu esse filme?*", ela disser que *sim*? Aí, amigão, o xaveco toma outro rumo. Você não vai mais indicar nem se oferecer para pagar o filme pra ela. Mas mantenha o discurso de que ela o fez lembrar-se do filme e tudo o mais. Um papo agradável deve surgir daí, seja ousado e peça o telefone assim mesmo.

XAVECO NA LOJA 1 (em cima das VENDEDORAS)

Interpretação - 🎭🎭🎭🎭🎭
Risco - 💣💣💣
Ousadia - 🏆🏆🏆🏆🏆

Pois é, eis a parte de seu Manual dedicada às doces e belas vendedoras de loja. O que você vai ler agora é um xaveco bem específico e até certo ponto polêmico. Específico porque para a sua execução é necessário (ou preferível) que você decida qual vendedora vai xavecar, antes mesmo de entrar na loja.

Como? Observando pela vitrine ou coisa que o valha – o fato é que você deve entrar na loja com seu objetivo e alvo predefinidos. Já a polêmica, bom, a polêmica você vai entender logo mais... Assim, entre na loja e provoque uma situação de forma que você seja atendido pela desejada dama – isso não é muito difícil, hã?

A partir daí, amigão, proceda normalmente, como um cliente gentil e descontraído que é, e comece a escolher uma série de roupas que deseje levar (é recomendável uma loja de roupas, ok?). Faça menção de que vai gastar um bom dinheiro, escolha peças do seu agrado, sem economia, você está lá para renovar seu guarda-roupa. Claro, não cometa excessos. Não é porque você não vai levar as roupas que deve fingir comprar a loja inteira.

E atenção! Nesse período em que você é atendido por ela, não passe cantadas baratas! Sem piadinhas ou trocadilhos infames. Não "xaveque" a mulher! Você pode até agir de forma sensual, até aí, tudo bem, mas não perca sua seriedade, não se precipite, a grande cartada ainda está por vir. E você está lá, esbanjando desenvoltura e pronto para contemplá-la com a venda do ano. Quando uma relação legal e amistosa estiver estabelecida entre vocês, e quando a "compra" já estiver ultrapassando as cifras do bom senso, seu celular vai tocar e você vai simular uma rápida conversa. Como o seu aparelho vai tocar? Simples. Programe o alarme para dez minutos além do horário em que você entrou na loja, ou finja que ele tocou, vibrou, enfim, ela nunca vai cogitar essa pequena farsa. Você atende ao telefone e se mostra perplexo. Faça uma cara desolada, preocupada, como uma criança de 11 anos de idade que acaba de receber a notícia de que repetiu o ano. Suas palavras no telefone serão as seguintes: "*Alô... Oi, pode falar... Cê tá brincando!?... Ai, meu Deus... A que horas foi isso?... Não, vou já pra aí!... Fica calma, em cinco minutos eu tô aí...*". E desliga o telefone. Tenso. Pede desculpas. Pede um cartão com o nome dela. E, sem meias palavras, vai embora da loja. Note que seu diálogo no telefone deve ser curto. Possivelmente na exata forma do exemplo dado. E é evidente que a moça deve ouvir essa conversa inventada. Você sai da loja às pressas, preocupadíssimo e com o cartão dela no bolso. Se você teve a maestria de executar os passos narrados (esse não é um xaveco fácil), comemore, a primeira etapa foi concluída. Seu segundo ato consiste num telefonema, dois dias depois, para a loja, chamando pela bela vendedora que o atendeu. Identifique-se e certifique-se de que ela se lembrou de você. Ela deverá lembrar-se, pois você foi um cara que ameaçou gastar horrores na loja e que saiu de um jeito pouco convencional.

Aí você emplaca: "*Então, eu vou te pedir uma coisa que você pode achar estranha, mas eu preciso dizer. Aquele dia minha avó passou por uma cirurgia de emergência, bem na hora que eu tava com você. Felizmente correu tudo muito bem, ela está praticamente curada. E eu pensei muito em você. Sei lá, acho que você passou uma energia boa, bem ou mal você fez parte de um momento muito importante da minha vida. Pensei muito nisso esses dias*". Ouça os comentários que ela quiser fazer e dê o arremate final: "*Quero te convidar pra almoçar, vamos? Quero saber mais de você! Qual é seu horário de almoço? Vamos marcar?*". Se ela fizer perguntas sobre sua avó, sobre o que ela teve, qual cirurgia, desvie o assunto. Não se aprofunde na mentira. Diga que você prefere não falar, não pensar no ocorrido. Que o importante é que está tudo bem, e que de certa forma ela contribuiu para isso. Se ela sugerir seu regresso à loja para terminar a compra, igualmente desvie o assunto. Diga que você não está com cabeça para isso no momento, que o que você deseja muito é conversar com ela. Faça com que a moça se sinta importante, lisonjeada com o assunto. Lembre-se de que ela tem boas referências de você. Você foi um cara simpático, um cara que tem pra gastar e sensível aos problemas de saúde da sua avó. Enfim, suas chances de descolar esse almoço são grandes, e a semente para um assunto particular, pessoal, está plantada. Não foi a "vendedora" que você chamou pra almoçar, foi a mulher sensível, o anjo azul que iluminou seu dia. Seja cordial, ponderado e declare-se no momento certo.

IMPORTANTE: caso esse almoço aconteça, tente ser você mesmo o quanto antes. Livre-se do personagem criado anteriormente. Você não tem a obrigação de ser um cara rico só porque estava fazendo uma big compra. Você não deve prolongar o assunto de sua avó. A coisa agora ficou real. Estabeleça a partir desse encontro um compromisso com a verdade. Há nesse xaveco a presença de um elemento altamente inventivo, de uma bela duma mentira, pra falar um português mais claro. Até onde isso é ético? Você foi sacana, usurpador? Antes de aplicar o xaveco vá à página 153 e leia "A mentira que vale". Pode esclarecê-lo sobre alguns pontos.

DICA DO RAMPA:

Evite usar esse xaveco no final de semana, em dias em que possivelmente a loja esteja cheia. Como você não vai comprar nada mesmo, tente minimizar as chances de sua vendedora querida perder uma venda real. Dê preferência para um dia em que a loja esteja vazia.

DICA DO ISMÁ:

Quando, ao telefone, você for revelar o motivo da sua saída abrupta da loja e mencionar sua avó e a tal cirurgia, tente trazer essa ficção para a sua realidade. Exemplo: se você não tem mais avós vivos, diga que era uma tia ou um amigo querido. Adapte a mentira às verdades de sua vida. Fica até mais fácil para desenvolver.

XAVECO NA LOJA 2 (em cima das VENDEDORAS)

Interpretação - 🎭🎭
Risco - 💣💣
Ousadia - 🏆🏆

Ok, vamos nos transportar para dentro de uma loja – você foi fazer compras, ou consultar preços, enfim, o que importa é que a vendedora que está te atendendo é uma coisa impressionante. E lá está você, tentando disfarçar seu encantamento por aquela gatinha que se coloca à sua disposição com toda a simpatia que cabe dentro daquele corpinho. Pois bem, o primeiro toque vem aí – não disfarce. Deixe que sua admiração ganhe vida e clareza. Vamos apresentar agora o xaveco mais simples e direto possível para uma vendedora de loja. Comece assim, procedendo normalmente. Leve o que tiver que levar, peça descontos se tiver que pedir, elogie a mercadoria, critique-a, seja, em suma, o consumidor que você costuma ser com ou sem uma princesa te atendendo. Com uma pequena diferença: deixe claro pra ela que você está encantado. Se for o caso, até diga isso com todas as letras: *"Vou te falar uma coisa, eu tô encantado com você, sabia? Que simpatia!"*.

Seja um cliente cordial, educado, mas permita-se ser também um cara bem-humorado, brincalhão, faça com que a moça se sinta bem ao seu lado. Não exagere nas brincadeiras e informalidades, lembre-se, há outros funcionários na loja e talvez o gerente. Você pode deixá-la desconfortável, quando o objetivo é exatamente o contrário. Tente engatar uma conversa ao mesmo tempo em que é atendido. Moderadamente, fale de você. E, ao menos uma vez, lance uma pergunta pessoal para ela. Sempre dentro de um contexto. Por exemplo, se você estiver dizendo que tal shopping é fora de mão pra você, pois você mora do outro lado da cidade, emende e pergunte, subitamente, onde ela mora. Mas não investigue muito a menina. Ela não deve se sentir xavecada. Isso pode não ser legal. Apenas deixe claro que você adorou ser atendido por ela, e mais, que adorou ela. Isso pode acontecer da maneira como foi dito anteriormente, só depende de você executar na medida certa. Feito isso, causada essa impressão, termine sua compra ou visita à loja, despeça-se com educação e saia. Logicamente você vai sair com um cartão da loja em mãos e com o nominho dela em mente.

E é agora que vem o xeque-mate. Pegue seu celular, ou vá a algum orelhão, e ligue para a loja. Sim, no mesmo dia, na mesma hora. É o tempo em que sua presença ainda estará fresca na memória dela, a coisa ainda vai estar quente, viva. Recomenda-se um intervalo de meia hora do instante em que você deixou a loja para o seu telefonema. Peça para falar com ela, e só com ela. Se a menina não vier ao telefone, por qualquer motivo, não deixe seu nome, tente uma outra hora. Se ela vier, seja categórico: "*Oi, sou eu, acabei de ser atendido por você, lembra?*". Diga seu nome, cite algo específico que tenha comprado ou gostado, ela vai lembrar. Prossiga: "*Então, vou ser muito sincero com você. Eu fiquei realmente encantado com o seu jeito, seu astral, queria muito bater um papo com você. Posso te ligar? Me fala um telefone que eu possa te ligar e que a gente possa conversar com mais calma, por favor, confie!*". Faça esse discurso sem muitas pausas, tente pegá-la pelo susto. Sua atitude foi inesperada, essa surpresa deve ser positiva. É possível ainda que ela seja tomada por um sentimento de curiosidade: quem é esse cara? Como será conversar com ele? Apegue-se a esses estímulos, faça esse telefonema e com sorte e bom desempenho em breve você estará fazendo outro, desta vez para a casa dela (pág. 166).

DICA DO RAMPA:

Caso ela não dê o telefone, não insista muito, ela está trabalhando, lembre-se disso. Passe então um número seu para ela e diga que deseja muito que ela ligue. É a melhor saída no caso do fora. Mas, com a sinceridade que me cabe, não tenha muitas esperanças de receber esse telefonema, ok?

DICA DO ISMÁ:

Quando estiver saindo da loja, despeça-se da menina com uma apertadinha em sua mão. Veja, não é um aperto de mão, é quase um carinho. Sutil. Quase imperceptível. Isso vai ajudá-lo na demarcação do território para o breve telefonema que você vai dar. Pegue na mão dela, dê um sorriso maroto e deixe a loja sem olhar para trás.

XAVECO NO METRÔ 1

Interpretação -
Risco -
Ousadia -

Taí, o metrô. Eis um lugarzinho que costuma ser muito bem freqüentado. Secretárias, estudantes, colegiais, executivas, domésticas, atrizes, bancárias, donas de casa, modelos, todo mundo pega metrô. Quem não tem carro pega metrô. Quem tem carro pega metrô. O metrô é, por assim dizer, quase que um lugar *cool*. É, portanto, um lugar que sugere (ou permite) uma investida mais ousada, irreverente. Escolhida a donzela almejada, uma vez que está claro seu desejo incontido de conhecer a gracinha que se aproxima, chegue pertinho dela, seja categórico e diga: "*Oi, posso te fazer uma pergunta?*". Tente ser engraçadinho, faça essa pergunta meio sorrindo, evidenciando o cara simpático que você é.

Após o eventual consentimento, que pode vir com um quase imperceptível movimento vertical de cabeça ou, quem sabe, com um sorrisinho e um simpático "pode!", você diz: "*Tá... eu tô indo pra estação Paraíso, e você?*". Não importa se ela vai dizer ou não a estação para a qual está indo, o importante é ela perguntar o porquê da curiosidade. E ela deve fazê-lo. "Nossa, por que você quer saber?", e aí entra em ação o xavequeiro, o desbravador, com sua simpática e insólita resposta: "*Pra saber quanto tempo eu teria de papo com você. Desculpa, mas eu te observei há alguns instantes e senti um lance legal, sei lá, cê deve ser simpática, juro que me deu vontade de trocar uma idéia*".

Não deixe de mencionar que notou a simpatia da menina; além de, inconscientemente, ela se sentir um pouco na obrigação de corresponder à sua expectativa de que seja simpática, ela pode, inclusive, levantar esta questão: "Como você sabe se sou simpática? Você nem me conhece!". Claro que isso só iria te ajudar. Diga coisas como "*sei lá, notei seu jeitinho, sua fisionomia, você transmite uma coisa boa*". E convide-a, na maior simplicidade do mundo, para uma conversa até que o metrô os separe. Se depois desse script vier uma negativa, aí, my brother, pode tomar isso como um fora e dê linha na pipa. Não foi dessa vez, cabeça erguida. Mas se a conversa se prolongar, se seu humilde pedido para um bate-papo for aceito, você está com a faca e o queijo na mão. Faça o cálculo do tempo que vocês ficarão juntos, pense alto e diga coisas como "*então a gente tem três estações de conversa...*". Seja um cara descontraído, alto-astral. Salvo raríssimas exceções de inusitados acontecimentos no próprio vagão do metrô (nunca descarte o beijo na boca, por mais absurda que a situação possa parecer), seu objetivo será pura e simplesmente pegar o tel da brota. O que, aliás, cá pra nós, já seria fantástico. Voltar pra casa com o telefoninho da gata é um belo prêmio. Mas, para que isso aconteça, você deve ser um cara interessante nesses minutos de conversa. Pergunte coisas simples da vida dela e fale de você numa dosagem equilibrada, sem exageros. Ao menos uma vez quebre o diálogo, retomando o instante em que a viu pela primeira vez, e elogie-a. Tente não deixar a aquisição do número dela para o último instante, pois, no caso de uma negativa, não sobraria tempo para uma insistida. Você pode, no meio do papo, subitamente, pedir o número. Os argumentos para tal são óbvios: "*Você é legal, é bom falar com você, queria conversar contigo de novo, gostei do seu jeito*", e por aí vai. Se tudo der certo, é só esperar a melhor hora para esse telefonema e, claro, uma ajuda da boa amiga Dona Sorte.

DICA DO RAMPA:

É fundamental que você revele, logo no início, em qual estação irá descer. Caso ela tenha o mesmo destino que você, não se sentirá perseguida, já que você disse antes dela que desceria lá.

DICA DO ISMÁ:

Não cochiche, não sussurre no ouvido dela, mas também evite que sua abordagem se torne pública. Isso pode deixá-la inibida, induzindo o fora. Seja claro, mas discreto.

XAVECO NO METRÔ 2

Interpretação -
Risco -
Ousadia -

Lá está você, dentro do metrô, tranqüilão, eis que percebe a presença de uma delicinha absurda no vagão. Você tenta, mas não consegue desviar os olhos da brota. Já sabemos que o metrô é um lugar extremamente favorável para aparições do gênero. Assim, é justo que seu Manual ofereça a você uma abordagem leve, sutil, que quase não se percebe. Fique atento em duas coisas: se ela faz menção de que vai desembarcar antes de você; e em sua própria estação de desembarque. Caso sua estação chegue antes, você se posiciona perto da moça e, quando a porta do metrô se abrir, entrega um papelzinho dobrado a ela dizendo "*eu acho que você deixou cair isso...*". Entregue e vá embora, nem espere pelo "obrigada" ou por uma possível indagação, até porque sua estação é aquela e você tem que descer. Caso seja ela que abandone o trem antes, o procedimento é absolutamente o mesmo. Quando a porta estiver se abrindo você entrega o papel. É o tempo para ela pegar e sair do vagão.

É isso aí, rapaziada, esse é o típico e conhecido xaveco do bilhetinho. O caso é que a ambientação que o metrô proporciona favorece essa ação. É um lugar onde as pessoas têm pressa, a porta abre e fecha automaticamente, é o cenário ideal para essa investida. E, além de seu movimento para fazer chegar o bilhete nas mãos da gatinha, há um outro ponto fundamental nesse xaveco, que é o conteúdo do bendito papelzinho. O que estará escrito nele? A sugestão é que seja um recado objetivo, mas com algum diferencial. Só seu nome com o telefone pode soar muito mecânico e pouco convidativo. Serão dispostas a seguir duas opções para você escrever no pequeno pedaço de papel: 1) **Deixo pra você, ainda que em palavras, um beijo. Queria muito ouvir sua voz. RAMPA – 9999-9999**. A outra: 2) **Queria muito conversar com você. Meio maluco isso, né? Acredite, confie e me ligue. ISMÁ – 9999-9999**. Você pode escrever isso no instante em que se apaixonou pela mulher, sem problemas, só não vá demorar muito, pois ela pode descer antes. Mas para isso é necessário que você tenha em mãos papel e caneta. Você costuma andar munido dessa dupla? Se gostou realmente do xaveco e acha que poderá usá-lo um dia, deixe um ou dois papeizinhos prontos, com tudo escrito, em sua carteira, e cuide para que eles não fiquem amassados, deve parecer que foram escritos na hora, ok?! Deus ajuda quem cedo madruga. Esse é um xaveco que mesmo você, xavequeiro mais acanhado, não terá o menor problema em executar. Não há troca de palavras nem qualquer representação. Você vai entregar um pedaço de papel e dar o fora. Pronto. Simples. Mas tudo tem seu preço. É importante que você saiba que aqui suas chances de êxito são reduzidas. Ela vai ligar? Grosso modo e sendo otimistas, vamos colocar 30% de chances de seu telefone tocar com a gatinha do outro lado da linha. Você jogou a peteca pra ela. Não há o que fazer senão esperar. Se ela namora, se te achou feio, se for uma mina desconfiada, insegura ou tímida, as chances de o tel tocar serão remotíssimas. Use esse xaveco sabendo de sua impotência ante a situação. Você, rapidamente, troca de papel, deixando de ser um xavequeiro para virar um torcedor.

DICA DO RAMPA:

Para aumentar suas chances, tente se fazer notar. Troca de olhares e coisas do gênero serão muito bem-vindas. Será bacana se, ao receber o tal bilhetinho, ela já tiver reparado em você como um cara interessante do metrô.

DICA DO ISMÁ:

E se vocês descerem na mesma estação? Sugiro abortar a missão. Entregando o papel e indo embora você estaria se confessando um meninote covarde. Diferente das outras situações, em que você ou ela teriam a necessidade de desembarcar às pressas, aqui haveria espaço e tempo para uma troca de palavras. Seria até melhor você ler o texto do bilhete a ela do que simplesmente entregá-lo.

XAVECO NO METRÔ 3

Interpretação -
Risco -
Ousadia -

Lá está você na estação do metrô, e eis que a delicinha da tarde (ou da noite, ou da manhã) aparece, sem mais nem menos, à sua frente. Como agir? Bom, este é o xaveco nº 3 para o metrô, alguma opção para essa situação você já deve conhecer. E aqui vai mais uma: o vigoroso "xaveco da febre". Chegue até a menina, peça licença e pergunte, com grande tranqüilidade: "*Você consegue saber se uma pessoa está ou não com febre colocando a mão assim, na testa?*". Exemplifique, enquanto diz isso, e ponha você mesmo a mão em sua testa. Continue e justifique dizendo "*eu não tenho essa sensibilidade, mas eu acho que tô meio mal...*".

Não, você não entendeu errado, é isso mesmo. Prepare-se, pois você fará o estilinho doente. Toda essa ação deve, portanto, ser acompanhada de uma interpretação de homem combalido, debilitado. Mas, por favor, sem exageros. Se bancar o molambo a mulher não vai querer nem chegar perto. Apenas fale baixo, mantenha os olhos semi-abertos, evite movimentos bruscos, aja com tranqüilidade. Não é tão difícil assim. Estar febril não significa estar caindo pelas tabelas. E a idéia disso tudo qual é? Simples: você, quer queira, quer não, puxou papo com a brota. Iniciou uma conversa. Se ela mediu ou não sua temperatura com a mão, isso nem tem tanta importância. O importante é que ela se mostre minimamente preocupada.

Você vai perceber isso caso ela lhe indique um remédio ou uma farmácia. Se o papo sobre febres, gripes, tempos estranhos, poluição, rotina puxada e estafa ganhou força, lamente que você talvez perca um compromisso legal por conta dessa possível, súbita e inoportuna febre. Esse compromisso pode ser uma peça de teatro, uma festa bacana ou uma viagem descolada. Decida isso de acordo com o perfil da mulher, e evidentemente conforme o seu próprio estilo. Quando perceber que a conversa já ganhou um ritmo natural, que vocês já se apresentaram um ao outro, que existe um mínimo de confiança e de troca de informações, peça o telefone. Caso ela relute e indague o porquê do pedido, diga com um leve sorriso febril: "*Ah, mesmo com febre pude notar como você é simpática, gostei de você. Ia adorar te ligar, só isso!*". Pronto. Seja simples e claro.

Se depois disso ela ainda relutar, não insista. Não pega bem um cara doente clamando por um telefoninho no metrô. Ponha a mão na cabeça como quem sentiu uma pontada e diga "*então tá, tudo bem*". Continue o papo sem demonstrar nenhum rancor. Entre no trem e tente continuar a conversa. Na hora que o primeiro de vocês for desembarcar, peça de novo. "*Fala o número*". Claro que esse foi seu golpe de misericórdia. Sua ação acaba aí, com ou sem telefone. Mas as chances de ela falar não são pequenas, até porque ela não se sentiu xavecada. Você não a convidou para nada, não houve qualquer proposta. Apenas quis prorrogar o contato. Ao mesmo tempo em que isso lhe garante mais chances de êxito, também limita e dificulta mais a sua ação no eventual telefonema. Como auxílio, pegue as dicas da página 166 para essa ligação. E vê se não toma nada gelado, hã?

DICA DO RAMPA:

Se a conversa entre vocês, na plataforma de embarque ou dentro do vagão, engrenar, ficar boa, tome cuidado para não se empolgar muito. Lembre-se de que você é um cara adoentado.

DICA DO ISMÁ:

Lá no início, caso a menina ponha a mão na sua testa e seja categórica ao afirmar que você não tem nada, agradeça, mostre-se esperançoso, mas insista que não está se sentindo muito bem.

XAVECO NO ÔNIBUS 1

Interpretação -
Risco -
Ousadia -

Se você é um daqueles que vira e mexe tá no ponto de ônibus, esperando ansioso a chegada do busão, já deve saber que não são raras as aparições de beldades nesse cenário. Desde a executiva indo ou voltando do trabalho, até aquela menininha delícia com seus cadernos escolares, o ponto de ônibus é um lugar fácil pra se apaixonar. Você olha a mulher. Você a quer. E você pode. Uma abordagem clássica e fácil é perguntar "*que horas são?*". Não menospreze essa investida, agora pode soar até meio banal, mas é aí que está o segredo desse xaveco. Afinal, se você está esperando um ônibus, a hora pode, sim, ser uma coisa importante. É uma abordagem verossímil.

Pois bem, você vai à donzela e pergunta-lhe a hora. Claro, se você tem relógio no pulso, esconda-o ou diga que está meio quebrado, falhando; soa engraçado, pega bem. Se ela não tem um relógio no pulso, pergunte "*você tem idéia de que horas são?*". O importante é a abordagem, é a troca de palavras, é ouvir e ser ouvido. A partir daí, há espaço para uma continuidade na conversa.

Você pode dizer que está atrasado, contar um pouco da sua vida, fazer até um gênero homem ocupado, responsável. Quando notar, já vai estar conversando com aquela brota para quem, instantes atrás, você estava somente pagando pau. Pergunte que ônibus ela vai pegar e vá sentindo até que ponto você foi bem recebido. Lembre-se de que essa menina ou mulher não sabe nada de você, assim, se o seu destino é a casa de sua avó, substitua-o por uma reunião de negócios, ou por um clube ou evento interessante. Floreie e incremente sua vida, mostre-se um cara interessante. Na medida do possível, pergunte coisas da vida dela, sem se mostrar muito investigativo. Pergunte o nome dela, se apresente. Seguindo essas instruções, muito provavelmente, depois de quatro ou cinco minutos, você terá criado uma relação de simpatia e comunicação com a moça, de maneira que esteja viabilizado o arremate final: pegar o telefone dela. Apenas em situações esdrúxulas, atípicas, é possível você beijar essa mulher na boca no próprio ponto de ônibus. Isso não é impossível, mas é incomum. Assim, não teremos esse objetivo aqui; seu sucesso será embarcar no ônibus com o telefone da gatinha na mão. Claro, se conseguir entrar em assuntos mais descontraídos, pode até agendar, ali mesmo, um programa do tipo uma festa, cinema ou almoço. Você foi um cara tranqüilo, que chegou apenas perguntando as horas e especulando sobre a vida agitada na cidade, mas ao mesmo tempo foi objetivo e ousado – ponto pra você, a maioria não é.

DICA DO RAMPA:

Tenha em mente a segunda e a terceira pergunta (ou comentário) que você fará depois que ela disser que horas são. Evite um silêncio nesse momento, o papo pode mixar aí, cuidado.

DICA DO ISMÁ:

Na hora que você pediu o telefone, se recebeu uma negativa, sem ser chato, insista. Se ela namora, não desista. Isso dá autenticidade ao seu desejo, pode sensibilizá-la, convencê-la.

XAVECO NO ÔNIBUS 2

Interpretação -
Risco -
Ousadia -

Aqui vai um xaveco extremamente prazeroso de se usar. Ideal para aquela gatinha que está ao seu lado no busão, ou no ponto esperando o próprio. É o glamoroso "xaveco do celular". Pois é, esse xaveco exige que você tenha um telefone celular. Não precisa ter crédito nem estar funcionando, mas ele deve existir. Você irá, uma vez ao lado da gatinha, simular uma conversa com outra pessoa pelo celular. Finja que ligou pra alguém, que o telefone tocou, e prepare-se para levar um delicioso papo com um grande amigo. Você vai mostrar certa empolgação no início, mas não demore a entrar em algum assunto importante.

Que assunto? Aí é que está! Isso vai de acordo com o seu perfil. O fato é que você vai incrementar esse assunto com acontecimentos e/ou pessoas importantes. Se você é um cara ligado em música, por exemplo, pergunte sobre como anda a produção da nova turnê do Arnaldo Antunes, ou do Djavan, sei lá! Mostre-se íntimo do cantor, "*porra, não sei se vou poder ir na festa do filho do Brown*", mostre-se um cara ocupado, com trabalhos pra fazer.

Se você é um cara ligado em esporte, diga que pegou um recado do Rubinho de manhã dizendo que ele deve ir à praia no próximo sábado, confirme a presença, enfim, seja um cara descolado, quase um superstar. Você pode inventar sobre roteiros que está escrevendo, dar broncas, pedir desculpas, contar sobre seus contatos com as emissoras de televisão, sobre as festas mais badaladas, e por aí vai. É batata, é absolutamente certo que a mina vai grudar a orelha na sua conversa e vai adorar estar ouvindo aquilo. Óbvio, não exagere tanto.

Faça a coisa parecer verossímil, viável. Foram dados aqui alguns dos exemplos mais esdrúxulos que você pode usar, mas eles não são imprescindíveis. O importante é você tornar esse papo interessante para quem está ouvindo, ou seja, ela, e que você se revele um cara com um certo status, digno de ser conhecido. Note que você tem liberdade total e absoluta nesse pseudopapo pelo celular, você pode, pra citar o exemplo mais escrachado, virar amigo íntimo do Pelé e do Lula. Pois bem, finda a inusitada conversa, você simplesmente deixou de ser um fulano qualquer do busão, virou "o cara". Qualquer pergunta que você fizer à moça, não será você que estará perguntando, será Deus. Acredite, parece loucura, mas funciona. Depois disso, em qualquer abordagem que você fizer as suas chances de ser bem recebido serão imensas. Pergunte as horas ou em que rua vocês estão, depois pergunte o nome dela, se ela mora por ali, puxe assunto. Na hora de descer do ônibus (ou subir), claro, pegue o telefone dela. Caso você realmente se aventure nesse xaveco, verá que, acima de tudo, ele é muito divertido, e mais fácil de ser desenvolvido do que parece. Mas vá convicto, você deve mergulhar de corpo e alma.

DICA DO RAMPA:

Na escolha do repertório de sua "conversa", procure um assunto que tenha mais a ver com você, que você domine melhor. Isso vai também facilitar caso você tenha que sustentar por um tempo suas "invenções".

DICA DO ISMÁ:

Durante seu diálogo-monólogo mencione que você está dentro do ônibus, peça para ligar depois, enfim, faça parecer que a conversa só continuou por insistência da outra pessoa ou por extrema necessidade. É meio piegas falar no celular dentro do ônibus, livre-se dessa culpa.

XAVECO NO PARQUE DE DIVERSÃO

Interpretação -
Risco -
Ousadia -

Taí. Um ótimo lugar para a conquista são os parques de diversões. As gatinhas estão livres, leves, soltas e saltitantes, o que abre caminho para a aproximação e para o xaveco. Se de todas as coisiquinhas deliciosas do parque você já elegeu uma como especial, tenha em mente duas coisas: a calma (pois ela não irá embora tão cedo) e a obstinação (pois você praticamente irá seguir a menina). Observe seus hábitos por algum tempo. Provavelmente ela não vai estar sozinha, então prepare-se para abordar não só a pequena escolhida, mas suas amigas também. Entre no clima descontraído que a situação demanda e puxe conversa num momento de riso entre elas. Chegue fazendo um estilo atrapalhado, meio doidinho. Diga que acabou de sair da montanha-russa e que está meio tonto, pergunte se elas já visitaram a atração, "*nossa, tô até meio zureta, mas é muito louco! Cês já foram?*". Tente descobrir se elas estão sozinhas ou se existe um grupo maior, mas fique tranqüilo, o importante aqui é puxar conversa.

Ok, isso foi feito. Você fez uma pergunta, daí vem uma resposta, pronto, temos uma conversa. Nesse início, dê mais atenção às amigas do que à escolhida. Não mostre interesse ainda. Sugira irem juntos, todo o grupo, a algum brinquedo. Ou acate a sugestão delas, enfim, divirtam-se. Mas fique atento àqueles brinquedos que exigem a divisão em duplas (teleférico, carrinho de trombada, casa dos monstros etc.).

Nessa hora, escale a sua brota. Sem meias palavras – seja persuasivo, você já está íntimo do grupo –, mostre seu desejo incontido de que ela o acompanhe. Pois é, o coelho começou a sair da cartola; ao saírem da atração, diga às meninas que adorou conhecê-las, e que queria uma companhia para matar uma certa saudade. Então, inicie sua história sobre as rodas-gigantes. Improvise algum lance sentimental com o brinquedo giratório. Relembre a vez em que você era pequeno e sua avó o levou a uma roda-gigante. Emocione-se. Faça realmente um drama, e conclua demonstrando o seu desejo em tê-la, à sua brotinha, como companhia para uma volta no brinquedo. Ela não pode negar um convite tão... tão... tão gigante. Gigante inclusive na emoção. No caminho, compre um algodão-doce e verbalize a sua ansiedade pelo passeio nostálgico. Repentinamente, pegue na mão de sua eleita, ofereça o doce a ela. No momento mais oportuno, tente o beijo na boca. Não rolou, insista, mas sempre mantendo o bom humor, e em tom de brincadeira.

DICA DO RAMPA:

É importante que você fortaleça seus laços com as amigas dela. Mostre-se um cara legal, na acepção da palavra. Até porque elas, as amigas, podem te ajudar no caso de alguma eventual dificuldade com a gatinha almejada.

DICA DO ISMÁ:

Use o bom senso para identificar sua conveniência e sua aceitação junto ao grupo de meninas. Não gaste todo o potencial de seu dia com um só foco; se vir que o clima está estranho, parta pra outra e curta o parque.

XAVECO NA PRAIA 1

Interpretação -
Risco -
Ousadia -

Ok, vamos trabalhar aqui com uma hipótese mais específica, menos provável, mas perfeitamente possível. Você está na praia, dando um rolê com sua charanga, vidro aberto, cotovelo apoiado, sonzera rolando e o sol a pino. Eis que uma, duas, três ou quatro gatinhas lhe pedem uma carona. A cena que você está lendo pode soar fantástica, mas ela é, em praias, mais corriqueira do que parece. Não duvide, amigo! Você pode ser pego de surpresa! Mas a real é que esse é um xaveco mais específico e casual, como já foi dito. Você tem que estar de carro e, obviamente, tem que ter acordado com o pé direito nesse dia. Quatro pitéus à sua mercê não é toda hora que acontece. Voltando à cena, seja realista e não se empolgue tanto. Quem disse que há outras intenções nas lindas cabecinhas das meninas? Elas querem uma carona, pura e simples. Mas você quer mais. Comece perguntando pra onde elas vão. Faça um charme, um suspense, e finalmente tope dar a carona sem dizer nada, apenas abra a porta do passageiro, pelo lado de dentro (não cabe, nesse caso, a gentileza de descer do carro para abrir a porta). Se as meninas – ou mesmo uma delas – forem realmente belezas incontestáveis, impressionantes, segure a onda. Não deixe que as loucurinhas que passarem pela sua cabeça transpareçam em seu rosto e muito menos em seus diálogos. Diálogos que, aliás, serão raros e estudados cuidadosamente. Responda às eventuais perguntas que lhe fizerem, mas não faça monólogos. Elogie a menina de quem você mais gostou, mas não sua beleza, e sim algum acessório que ela esteja usando. Crie esse pequeno vínculo, demonstre, mesmo que discretamente, esse interesse por ela. Mas seja, sobretudo, um cara discreto. Esse é o melhor jeito de chamar a atenção. Ficar com blablablá, trocar a marcha e relar na coxa da moça, exibir seu som, seu carro, são babaquices que você tem que evitar. Lembre-se de que isso é uma carona, não um acontecimento. Uma postura discreta vai lhe dar o status de um cara autêntico, tranqüilo e até digno. Contudo, este é um caso muito específico, e as variáveis começam a surgir. Por exemplo, você deve estar se perguntando se deve ou não pedir o telefone, se vai ou não levar as gatinhas à porta de casa. Genericamente falando, **sim**, pegue o telefone (veja página

165); e **não**, não desvie seu caminho por causa delas. Mas há casos e casos. Se for só uma mulher e estiver anoitecendo, um pequeno desvio de seu itinerário poderá render futuros beijos e pontos no céu. Ou, se as meninas garantirem que irão a tal balada naquela noite, a mesma à qual você certamente também irá, deixar o tel de lado e esperar pelo encontro futuro e fortuito pode ser a melhor jogada. Portanto, analise bem seu terreno e proceda de acordo. O importante é que você deu a carona da melhor maneira que podia, parabéns!

DICA DO RAMPA:

Ao buscar, em sua musa da carona, algo para ser elogiado, evite coisas como o cabelo ou os olhos. Na ausência de um objeto bacana, diga que ela tem a voz bonita.

DICA DO ISMÁ:

Caso seja realmente um grupo de delicinhas, tudo bem, você já gamou em uma. Mas não seja indiferente com as outras, muito menos com uma eventual baranguinha. Pontue com a sua escolhida, sim, mas dê atenção a todas, não seja um cara óbvio. Além de ser estratégico, sua consciência ficará mais tranqüila.

XAVECO NA PRAIA 2

Interpretação - 🎭🎭 Risco - 💣💣 Ousadia - 🏆🏆🏆

Muito bem, a situação é clara: você está na areia da praia, sob o fervor do sol e cheio de delicinhas em volta. Pois é, e não venha me dizer que nunca xavecou uma mina nessas condições, ou que, ao menos, nunca teve vontade. As gatinhas ali, com as melenas ao vento, a pele dourada, barriguinhas e cositas mais à mostra, enfim, fique atento, pois o cenário para o xaveco furado está montado. Não deixe que a presença da mulher na seminudez que o biquíni proporciona o leve a cometer atos hediondos. Fuja dessa armadilha. Recupere o foco.

Partindo dessa lucidez, há uma boa e segura maneira pra você chegar naquela brota que te desnorteou. Mas antes, uns toques. Na hora de chegar junto, dê preferência para aquela situação em que ela esteja tranqüila, conversando com uma amiga, caminhando na areia, lendo um livro, chupando um chicabon. Evite o contato com outro homem, tipo pai ou namorado. Estude bem esse terreno, até porque com outros machos na jogada o fora será quase inevitável. Pois bem, tomados os devidos cuidados, eleja, antes de tudo, um acessório qualquer da sereia – pode ser um colar, um anel, uma tatuagem –, e, quando se aproximar dela, elogie-o (pág. 152 - A arte do elogio). "*Dá licença, desculpa, mas não pude deixar de notar... que graça esse seu colarzinho*". Espera-se aí que, no mínimo, ela agradeça o curioso elogio.

E atenção: nesse instante, nem sequer olhe nos olhos dela, foque verdadeiramente o objeto. Faça parecer que só chegou lá por causa do colarzinho ou da tatoo. Depois de uma troca de dois ou três comentários sobre o tal adereço, aí sim você se desliga do objeto e olha para ela. E é nesse instante que vem a cartada! Ao olhar para a gata, faça uma **ligeira** cara de espanto e pergunte seu nome. Até pela sua **ligeira** cara de espanto, ela, intrigada, deve dizer como se chama. Aí você dá uma risadinha, olha de novo o objeto inicial, olha de novo pra ela e diz: "*Que coisa... sabe que eu nem tinha reparado? Esse colarzinho é a sua cara!*". Bingo! Se o objeto é a cara dela, o mesmo ao qual você havia rasgado elogios, é porque você foi com a cara dela. O gelo, definitivamente, foi quebrado. Depois disso você tem carta branca pra convidá-la pra algum lugar, para sair à noite, pedir o telefone, e por aí vai (veja pág. 163). Isso não quer dizer, obviamente, que ela irá topar. Mas você tem razões de sobra para se sentir à vontade, pois, do jeito mais sutil possível, você se declarou para ela. Qualquer proposta decente vinda de sua parte terá, pelo menos, credibilidade. Contudo – cabe alertar –, você deve proceder com extrema desenvoltura. Este é um xaveco que vai exigir uma boa interpretação de sua parte. Se o papo se prolongar, surpreenda e evite falar de balada e surfe. Você foi um cara que notou um detalhe nela, valorize essa sua característica peculiar. Fale sobre o barulho do mar, sobre a areia, o vôo dos pássaros, seja até um cara engraçadinho, diferente, é por aí que pode pegar.

DICA DO RAMPA:

Há relatos de xavecos bem-sucedidos em praias que terminaram com altos beijos em alto-mar. Não despreze essa possibilidade. Mas tampouco tenha isso como objetivo. Conseguir um encontro ou o puro e simples número do telefone da brota já será um belo mergulho.

DICA DO ISMÁ:

Descubra até quando ela vai ficar na praia, onde exatamente ela está, se sai à noite, enfim, informações importantes que podem lhe garantir bons momentos futuros.

XAVECO NO RESTAURANTE

Interpretação - 🎭🎭
Risco - 💣
Ousadia - 🏆🏆🏆🏆

Hora do rango. Seja um sanduba na lanchonete preferida, seja uma refeição completa naquele simpático restaurante, o fato é que estamos expostos, igualmente, aos encantos femininos. Fala a verdade, é ou não é uma bela imagem aquela brota se entregando aos prazeres da gula? Vamos ao plano. Há aqui uma virtual informação que deve ser considerada. Você, amigo xavequeiro, já sabe que a pequena gosta do tal lugar, e talvez até o freqüente. Aposte nisso. Mais à frente lhe será útil. E a gata está ali, sozinha ou com amigas, não importa, o lance é que você vai começar a perceber as sutilezas daquele ser e seus hábitos gastronômicos. Note como ela olha a comida, como dá a garfada.

Não seja tímido, vale aqui até um certo descaramento, não precisa ficar disfarçando para olhar. Ela pode perceber, sentir-se observada, isso é até bom. Quando você notar que faltam poucas garfadas para a menina terminar a refeição, levante-se a caminho do banheiro e, nesse momento, não dirija o olhar para ela. Vá de fato ao banheiro e aproveite para checar se não há nenhum resto de comida entre os dentes, essas coisas. Tudo bem com o seu sorriso, saia do banheiro como se fosse voltar à sua mesa, mas, drasticamente, mude de idéia no meio do caminho. Vá direto, sem vacilo, à mesa iluminada pela presença do pitéu. Fale, de cara: "*Desculpa incomodar, mas eu sempre venho comer aqui e notei, não sei por quê, que a sua comida devia estar muito gostosa...*".

Isso deve gerar alguma reação positiva se estivermos falando de um grupo de amigas. Se ela estiver sozinha e não vier uma reação imediata, pense positivo: é por timidez. Continue, pois, nesse momento, ela deve estar no mínimo curiosa. "*É sério! Eu reparei no seu jeito de saborear o prato, sei lá, é difícil a gente enxergar algum charme numa pessoa que está comendo, enfim, era até bonito de ver. O que foi que você comeu? Eu preciso saber!*". Diga tudo isso com simpatia, até meio sorrindo. Mas seja enfático na sua curiosidade gastronômica. Você quer saber o que ela comeu. Ponto. Pergunte o óbvio de maneira criativa. Descubra nesse rápido papo quando foi a última vez que ela comeu ali. Ela sempre vai lá? Caso esteja sozinha, engate o convite para um almoço ou jantar juntos, no mesmo local, com a desculpa de apresentar a ela um novo e saboroso prato (se você a conheceu no almoço, convide-a para almoçar, se foi na janta, proponha um jantar). Peça o telefone para confirmar o encontro. Se ela estiver acompanhada de uma ou mais amigas, aborte o convite e invente uma pressa qualquer quando o assunto estiver bom. Termine o show e dê área quando estiver no auge, mas, antes de sair, peça o telefone, afinal, vocês ainda têm muito o que conversar. Nesse caso, vá à página 166 e colha alguns toques sobre esse telefonema. Lembre-se, o objetivo aqui é descolar uma refeição com a brota.

A mesma gatinha que antes era um mero objeto de desejo em uma mesa distante pode estar prestes a lhe dar comidinha na boca. Você mandou bem, amigo, é por aí!

DICA DO RAMPA:

Ao notar a menina na outra mesa e, mais que isso, ao deixar claro que a está observando, certifique-se de que não está sendo inconveniente. A linha entre o observador e o mala é muito tênue, ainda mais num contexto alimentício. Pondere e use o bom senso.

DICA DO ISMÁ:

Quando a moça que come bonito estiver indo embora, certifique-se de que não há um pé de alface no meio de seus dentes.

XAVECO NA RUA 1

Interpretação - 
Risco - 
Ousadia - 

Eis aqui uma situação que exige uma grande espontaneidade de sua parte, uma vez que a bela desconhecida pode estar atravessando a rua, cruzando com você na calçada, coisa de segundos. Pois bem, você tá na rua, dando um rolê, bateu o olho nela e gamou. Convenhamos, isso acontece com mais freqüência do que nos damos conta, né? Ok, mas... e daí que vocês estão no meio da rua? E daí que você nunca viu aquela mulher antes na sua vida? A paixão arrebatadora não escolhe hora ou cenário, meu caro, sabemos disso. Assim, a abordagem aqui consiste em duas partes: **primeiro** você pergunta a ela sobre uma rua qualquer das redondezas, um prédio qualquer, mesmo que você conheça muito bem o bairro, dane-se, invente. Naquele momento você é um completo perdido. Ela, naturalmente, deve responder alguma coisa. Ou explicar pra você onde é o tal lugar, ou dizer que também não sabe. E é aí que entra a **parte dois**, a surpresa, a revelação! Você dá um sorriso e confessa que sabe o tal endereço. Confessa que só parou ali porque achou-a linda e extremamente charmosa. Pede desculpas, faz um gênero, e ao mesmo tempo segue em seus elogios à moça. IMPORTANTE: não exagere nessa rasgação de seda e não foque muito a beleza. Diga que foi um impulso e que você é um cara que costuma dar crédito aos seus impulsos. E, atenção, convide-a, ali mesmo, para um cinema. Não para a mesma hora, óbvio, sua sugestão é pegar o telefone dela e marcar, com calma, o cinema para um outro dia. Ganhe a confiança dela com dizeres do tipo "*permita-se*" e "*confie nessas situações*". Não insista muito, mas seja claríssimo em seu desejo de ter a companhia daquela mulher ou menina num bom filme, lado a lado. Cinema é realmente uma boa pedida nesse caso, porque quase todo mundo gosta. Da colegial à modelo aposentada, passando pela recepcionista, é um convite que soa amigo e agradável. Mas isso tudo tem que ser muito rápido, você não precisa bater um longo papo com ela. Lembre-se de que a moça pode estar com pressa, vocês estão no meio da rua. Seja ágil; quando a elogiou, se ela sorriu, já puxe uma caneta ou o seu celular e peça ali mesmo o número da brota. Pegue-a de surpresa, faça-a agir por impulso, normalmente funciona. Esse é um bom exemplo de um xaveco que vai ainda exigir de você uma excelente performance (e sorte) quando você for dar o telefonema – caso ela tenha lhe dado o número. Se você pegou o tel da brota, ok, fique contente, mas saiba que o trabalho não acabou aí (pág. 166).

DICA DO RAMPA:

Quando for admitir que conhece a rua e se declarar, não deixe de mencionar que achou a menina **charmosa** ou coisa que o valha. Dizer apenas "linda" pode soar fútil e previsível.

DICA DO ISMÁ:

Se ela souber onde fica a rua e começar a explicar, interrompa-a e se declare. Não a deixe terminar a explicação. Isso dará autenticidade à sua postura e vai surpreendê-la ainda mais.

XAVECO NA RUA 2

Interpretação - 🎭
Risco - 💣
Ousadia - 🏆🏆

Vai aqui uma dica aparentemente óbvia, mas que não poderia deixar de ser mencionada num manual de xavecos que se preze. Pois é, tô falando do nosso melhor amigo, o cachorro. Esse papo de que passear por aí com seu dog ajuda a arrumar mulher – que é batata, infalível –, pois então, isso não é papo, é fato. Se você tem um cão, já deve saber disso. A mulheradinha vem mesmo.

A partir daí, nem há muito que ser dito. Diferente dos demais xavecos, nesse não é você que faz o approach, é a mina que vem falar com você. "Ai, que lindo, de que raça é?"; "é macho ou fêmea?"; "como ele chama?"; "quantos aninhos? Ai, que gracinha...". Amigão, meio caminho andado. O que pode ser dito aqui na tentativa de auxiliá-lo são os seus objetivos e os passos básicos que você deve seguir. Bom, o objetivo: pegar o tel da brota. Não tem nem o que pensar. Agarrar a mina no meio da rua é surreal, no mínimo, arriscado; pra que bancar o apavorado? Mesmo se rolar um papo legal, não pegue na mãozinha dela, não aja como se estivesse numa balada. Sair com o telefoninho do pitéu já é um golaço, ok? E para obter isso, ora, honestamente, a coisa é bem simples. Vocês estão conversando sobre seu lindo cão, e no meio do papo você salpica perguntinhas pessoais. Como ela se chama? Mora no bairro? Estuda? Trabalha? Sai à noite? Vai ao cinema? Teatro? Enfim, suas opções são infinitas, e, lembre-se, foi ela quem veio falar com você.

Ao final da conversa, peça o telefone. Se ela vai dar o número ou não é um outro problema. Mas seu procedimento deve ser esse. E, convenhamos, ela tem tudo pra dar esse crédito a você. Afinal, você tem um cãozinho fofo, é um cara preocupado, que gosta e cuida de animais. Mostre-se amigo do dog na presença da gata, chame-o pelo apelido, use o dialeto que só você e seu cão conhecem. Evite piadinhas do tipo "*fica à vontade, esse é um cachorro que gosta de uma gatinha*". Por favor, sem trocadilhos infames, você não está lá pra ser galanteador. Você foi passear com seu cão. Não saia dessa realidade, nunca se esqueça completamente do animal para ficar falando de você. No máximo faça uma graça do tipo "*ei, amigão, fala um oi pra Malu, fala!*" – se o cachorro latir, bingo! Agindo dessa maneira vocês devem voltar pra casa satisfeitos: o dogão porque deu seu rolê tão desejado e aliviador, e você porque conseguiu o número de uma princesinha do seu bairro. Veja os procedimentos para esse telefonema na página 164. E vamos que vamos! Nós e o seu cachorro estamos na torcida!

DICA DO RAMPA:

Quando sentir que o papo já está se esgotando, tome você a iniciativa de ir embora. Diga que tem que ir e, então, com total naturalidade, peça o telefone dela. É importante que a decisão da despedida parta de você. Além de lhe creditar um status de cara ocupado e seguro, justifica ainda mais o pedido do telefone.

DICA DO ISMÁ:

Se você leu esse xaveco, não tem dog e ficou morrendo de vontade de comprar um, por favor, evite arrumar um leão. Dobermanns, pit bulls e pastores alemães são desaconselháveis para o xaveco. Use o bom senso.

XAVECO NA RUA 3

Interpretação -
Risco -
Ousadia -

Atenção, machaiada com tendências românticas, galanteadoras, eis aqui uma pérola de xaveco que fará, no mínimo, com que você ganhe pontos no céu. Bem-vindo ao "xaveco da rosa".

Para uma boa e genuína execução de todo o ato, escolha um dia em que você esteja bem-disposto para aplicar essa investida. Um dia gostoso, de sol, em que você acorde e sinta a felicidade latejando em seu peito. Um dia em que você, enfim, esteja de bem com a vida. Pois bem, saia de casa e compre uma rosa. Faça tudo o que você tem que fazer nesse dia em posse da flor. Vá trabalhar com a rosa. Pegue ônibus, metrô, dirija seu carro, sua bike, seu skate, com a rosa. Cuide dela. Proteja-a. Vá à farmácia, ao orelhão, vá ao banheiro, mas não deixe a rosa de lado. Em nenhum instante. Porque a qualquer momento você pode topar com uma mulher, em qualquer uma dessas situações citadas, e escolhê-la como destino para a doce flor. É isso. Entregue a rosa para uma mulher indefinida. Sem mais nem menos. Apenas entregue. No máximo, diga: "*Hoje me deu vontade de comprar uma rosa e dá-la a alguém. Escolhi você*". Seja sincero. Pode ser a menina encostada no ponto de ônibus, a caixa da lanchonete ou uma transeunte, se você viu razão para o ato – seja uma razão intuitiva, seja meramente estética –; não titubeie, entregue a flor. Proporcione a essa mulher o deleite de voltar para casa com uma rosa entregue por um estranho. Dê esse prazer para a dama. Você verá que isso também lhe fará bem.

Bom, e aí, o lance acaba aqui? Poderia até acabar. Assim, com o simples gesto, e o resto, nas mãos de Deus. Mas não custa dar uma ajudinha pra Ele, né? Evidentemente, após presentear a moça com uma flor, você tem, no mínimo, o direito de saber seu nome e trocar algumas palavras com ela. Se ao final desse rápido papo você sentir uma brecha pra pedir o tel da brota, peça. Mas fique atento, não force a barra, não se mostre um xavequeiro barato. Não dê a impressão de que só a presenteou com a rosa porque tinha segundas intenções. Tente mostrar que, independentemente de rolar uma troca de telefones ou não, a rosa é dela e o gesto foi sincero. Aliás, é assim que deve ser. Só use o xaveco da rosa se estiver imbuído desse espírito. Sim, pegar o tel da gatinha seria ótimo, claro, você pode até ter isso como objetivo. Mas o fato de você sair de mãos abanando não implica um fracasso. Muito pelo contrário, você exercitou o seu lado xavequeiro mais importante, que é a generosidade. Mostrou-se um homem capaz de dar sem exigir coisas em troca. Mostrou-se, em suma, um homem pronto para qualquer mulher. De antemão, parabéns!

DICA DO RAMPA:

Não é qualquer cara que se permite andar por aí de flor na mão. Há todo o machismo do mundo presente em qualquer esquina. Mas minha dica é a seguinte: na boa, passear pela cidade com uma rosa na mão pega bem. As pessoas vão imaginar que você a ganhou de alguma mulher, ou que vai se encontrar com a namorada, enfim, você vai chamar a atenção, esteja preparado. Mas é para poucos. Não me acanho em dizer que você será admirado e até invejado. Mais uma vez, parabéns!

DICA DO ISMÁ:

Salvo exceções em que, circunstancialmente, o local de sua abordagem favoreça uma conversa mais longa, tente ser breve no seu papo com a mulher. Conversar meia hora com ela pode ofuscar o grande ato de entrega da rosa. A entrega da flor é o mais importante. Não deixe essa magia se perder. Seja sucinto e saia com um sorriso no rosto.

XAVECO NA RUA 4

Interpretação -
Risco -
Ousadia -

Esse é para aqueles que têm a vizinhança florida, cheia de piteizinhos brotando pelas ruas e esquinas. Sabemos que há bairros e regiões onde a incidência de gatinhas é maior. E você, quantas vezes, no caminho para a farmácia ou padaria, não se deparou com aquela brotinha, feliz e desavisada? Ou não ficou maravilhado quando, em uma simples ida à banca de jornal do bairro, deu de cara com a mulher da sua vida? Pois é, companheiro, às vezes um grande amor ou uma desvairada aventura pode estar bem ali, debaixo de nossos narizes. Para esse xaveco funcionar, precisamos despertar em você, amigo conquistador, a veia dramática. Pense nos mais esdrúxulos galãs de novelas mexicanas e vamos à ação. Ao cruzar com a gatinha e concluir que ela merece ser xavecada, respire fundo, umedeça os lábios e vá até ela com a pergunta simples e precisa: "*Você mora ou trabalha por aqui?*". Se ela está por ali sossegada, caminhando, é porque tem algum vínculo com o bairro. Ou mora, ou trabalha, ou, no mínimo, conhece alguém que mora ou trabalha por ali. E aí é que vai residir toda a estrutura de seu drama. Aguarde a resposta e, não importa como ela vier, emende a segunda indagação: pergunte o nome dela, mesmo que seja num tom de inquérito. Vista a camisa do herói desbravador, inquieto e comunicativo, tudo bem mostrar-se afoito, seja um cara visceral, curioso. E se a brota realmente morar nas redondezas, no instante em que ela fizer o questionamento inevitável, "por que você quer saber tudo isso?", responda, com a maior simplicidade do mundo: "*Ué, nada mais justo do que eu conhecer minha vizinha*". Mesmo que ela more a algumas quadras de sua casa, chame-a de vizinha. Diga essa frase com simpatia, mostre-se carinhoso. Ela, ainda assim, deverá achar a situação estranha. Ataque novamente e até emende um blefe dizendo: "*Pois é, perguntei isso porque já te vi passar por aqui algumas vezes, e, como moro logo ali, pensei: 'por que não conhecer essa pessoa tão próxima?'*". É importante que você mencione o local onde mora, já é alguma referência sobre você e pode ajudar a tranqüilizá-la. Mesmo que ela não esteja sendo a Miss Simpatia nesse papo, sublinhe o fato de que vocês irão se encontrar novamente. São vizinhos, ora! Diga que quer saber seu nome porque "*no caso de te ver de novo, quero poder no mínimo te dar um oi*". Dê uma importância dramática ao fato de vocês habitarem o mesmo bairro. Conhecer gente! Sua própria vizinhança! Fazer amigos! Enalteça o valor e a naturalidade disso. Não se importe se for meio exagerado; se ela não se sensibilizar com isso, pode até te achar engraçado, o que também é bom. Após esse primeiro contato, passe a fazer perguntas óbvias, como há quanto tempo ela mora ou trabalha no bairro, onde exatamente ela mora, se estuda na região. Ao mesmo tempo, salpique informações sobre você, torne-se familiar, confiável. Não se prolongue muito e já peça o telefone. No caso de um vacilo dela, engate o discurso: "*Sei que essa situação não é muito normal. Pode ser que eu seja um louco, sei lá, não dá para confiar mais em ninguém hoje em dia, você está coberta de razão. Mas, moramos tão perto, não vejo nenhum mal em dois vizinhos se conhecerem e trocarem telefones*". Torça por uma reação positiva, você tem grandes chances de descolar o telefone da brota.

DICA DO RAMPA:

E se a menina não morar por ali? Se por acaso ela trampar na região, o termo "vizinho" pode e deve ser mantido. O xaveco continua o mesmo, seu discurso permanece igual. Peça, nesse caso, o número do trabalho dela (ou celular), é mais coerente ante o seu discurso. Se arrematar o tel, já sabe, procedimentos na página 166.

DICA DO ISMÁ:

Se ela estiver perdida pelo seu bairro, não mora nem trabalha ali, nem nada, peça desculpas e diga que a confundiu com outra pessoa. Claro que a partir daí um outro papo pode surgir e o telefoninho da brota também pode vir. Improvise, é um bom exercício para futuros acasos.

XAVECO NA RUA 5

Interpretação -
Risco -
Ousadia -

Vamos aqui para mais um xaveco que você pode utilizar no meio da rua. E vamos também à sua primeira peculiaridade: esse é um xaveco que deve ser usado após as 18 horas. Entenda por quê. Sua atuação consiste em abordar a gatinha na calçada com a seguinte postura: "*Oi, como você se chama?*". Não importa a resposta, ela dizendo ou não o nome, você, na seqüência, explica-se: "*É o seguinte, eu acordei hoje com uma sensação muito clara de que iria conhecer uma pessoa interessante. Sabe quando você sente que uma coisa vai te acontecer? Pois então... Ocorre que já passa das seis da tarde, eu tô indo pra casa e até agora não apareceu ninguém!*". Diga essa última frase rindo, como que tirando um sarro de você mesmo, tipo: "Ih, ó o cara, não conheceu ninguém até agora! Rá, rá, rá!". Mostre seu bom humor, isso vai ajudar a satirizar o absurdo da cena, mas ao mesmo tempo mantenha a seriedade do seu discurso. "*Mas é sério, sei que é engraçado, mas é verdade. Eu senti que ia conhecer alguém legal hoje e... sei lá... como vi que o dia tá acabando, escolhi você*". Sinta a reação da mulher. Ela pode achar tudo muito engraçado e original, e a partir daí cria-se um clima para um rápido papo e troca de informações. Mas ela também pode não gostar, sentir medo, você parou no meio da rua, lembre-se disso. Nessa hipótese, não insista. Peça desculpas e siga seu rumo. Entretanto, se a conversa se prolongar, por qualquer motivo, aja como um cara normal. Fale um pouco de você, dê referências suas a ela. Diga onde mora, onde trabalha ou que atividade exerce, isso pode levá-la a confiar mais em você. E antes de pedir o número, faça um convite. Convide-a para uma festa bacana, para assistir a uma peça de teatro que você quer ver já faz um tempo, enfim, seja ousado e emende esse convite no meio do papo. Lembre-se do seu grande pretexto: você sentiu que conheceria alguém interessante, daí essa confiança na companhia dela – e vice-versa. Topado ou não o convite (se não houve um acordo ali, na hora, tente ao menos deixar em aberto), proponha a troca de telefones. Nesse caso é legal você não só pegar o número, mas também deixar o seu. E se a coisa empacar nesse momento, argumentos para que ela lhe dê o número não lhe faltam. O principal deles está no início de tudo, ou seja, a luz divina que te visitou, dizendo que naquele dia você conheceria alguém legal. Se ela permanecer relutante e propuser que apenas você dê o número, aceite. Não é legal bancar o chatão aqui. Mas motive-a realmente a dar esse telefonema, senão, pra que pegar o tel? Beije-a no rosto na hora de ir embora e mencione, mais uma vez, o convite que você fez. Caso a tal troca de telefones tenha ocorrido, vamos e venhamos, sua janta vai ser mais gostosa. Vá à página 166 antes de ligar para a mulher, ok?

DICA DO RAMPA:

Veja: o tempo todo, durante o xaveco, você diz que pressentiu que conheceria alguém. **Alguém**. Isso quer dizer que não seria, necessariamente, uma mulher. Poderia ser um homem. Ela pode até fazer essa observação. Se fizer, aceite e concorde. "*Sim, quando eu falo em conhecer alguém, poderia ser inclusive um cara, fazer um novo amigo, enfim...*". Se preferir, diga isso mesmo que ela não comente nada. Incorpore essa frase ao seu discurso. Pode passar mais humanidade e verdade para o xaveco.

DICA DO ISMÁ:

Ao final de tudo, na hora da despedida, do adeus, seja o mais simpático possível. Mostre-se feliz em ter conhecido a pessoa que você esperou o dia todo. Você pode até dizer isso. Deixe claro que ela lhe fez bem, valorize a mulher.

XAVECO NO SHOPPING 1

Interpretação - 🎭🎭🎭 Risco - 💣 Ousadia - 🏆🏆🏆🏆🏆

Shopping centers. Eis um lugar onde invariavelmente encontramos gatinhas. Em uns mais, em outros menos, mas sempre é possível uma súbita paixão nos corredores de um shopping. Não só nos corredores, mas no cinema, no fliperama, dentro de alguma loja e principalmente na praça de alimentação. Mas e aí, como chegar na gracinha que está lá, desfilando sua roupinha transada e que mal notou você? Vamos direto à resposta. Aborde a gatinha com o seguinte discurso: "*Oi, dá licença, posso confessar uma coisa?*". Espere o consentimento dela e prossiga: "*Seguinte, eu vi você passando aqui, e não sei se é porque a gente tá dentro de um shopping, mas... me deu uma vontade de te dar um presente, sabia?*". Faça uma pausa e observe a reação dela. Achou graça? Ficou curiosa? Desconfiada? Independentemente de qual foi sua reação, continue e diga: "*O problema é que eu tô sem dinheiro aqui... Mas juro que essa vontade foi muito sincera e espontânea!*". Diga essa última frase sorrindo, faça um charme e procure tornar a situação engraçada.

A partir daí, tente iniciar uma conversa. Comece perguntando o nome dela e se apresente. E sinta, claro, se sua abordagem foi ou não bem aceita. Isso pode ficar evidente caso ela simplesmente saia andando sem explicações. Se isso acontecer, paciência, aceite. Azar dela, que poderia ganhar um belo presente e conhecer um cara legal. Mas talvez ela não queira conhecer um cara legal nem ganhar um belo presente, assim, cogite sempre a possibilidade de você levar um fora – fator que deve ser levado em consideração não só aqui, mas em todo e qualquer xaveco (pág. 9 - **Xaveco, logo levo foras**). Mas se a recepção dela foi mais tranqüila, dando margem a um rápido bate-papo, continue e prossiga com sua graça.

Ainda no início do papo pergunte em que dia ela faz aniversário. Use a data para fazer uma piadinha do tipo "*Ih, tá longe, não quero ter que esperar até lá pra te dar um presentinho...*". Se faltar assunto você pode levar a conversa para o tal presente. Do que ela gosta? Se ela pudesse escolher algo do shopping, o que escolheria? Quando sentir que o papo está bom, que ela está mais solta, convide-a para tomar um sorvete.

"*Olha, eu realmente tô sem grana pra te dar o presente que eu gostaria, mas pelo menos um sorvetinho dá... vamos?*". Insista para que ela aceite o convite para um sorvete, ali mesmo, no shopping, oras, qual o problema? Nesse percurso, busque informações sobre a disponibilidade de tempo dela. Está apressada? Tem tempo de sobra? Como vai embora? Mora longe ou perto do shopping? Se houver oportunidade, enquanto estiverem tomando esse sorvetinho, pegue na mão da menina. Apesar da sutileza do xaveco, do fato de você querer presenteá-la e tal, de mostrar sua generosidade e sensibilidade, você foi um xavequeiro declarado. Não houve disfarce nas suas ações. Por mais sutis que tenham sido, foram diretas. Você quis conhecer aquela menina, foi até ela e disse o que disse. Isso de certa forma justifica seu interesse e desejo em pegar na mãozinha dela, e em tentar, por que não, beijá-la.

Lembre-se de que um shopping não é uma balada noturna, mas também não é uma estação de metrô ou um supermercado. O beijo na boca como resultado final é viável, sim. My brother, bom sorvete pra você.

DICA DO RAMPA:

Dependendo da disponibilidade de tempo da menina, se ela estiver lá de bobeira, sem muita preocupação com horários, pense na possibilidade de trocar ou acrescentar ao convite do sorvetinho um cinema. Mas lembre-se, o cinema é mais caro, hein?

DICA DO ISMÁ:

Caso ela pergunte por que você teve vontade de presenteá-la, assim, do nada, seja categórico e responda: "*Não sei!*". Depois enrole e faça um charminho... "*Juro que não sei. Foi tão de repente, eu olhei pra você e me veio essa idéia na cabeça. Nem eu entendi até agora*". Opte por isso em vez de ficar rasgando elogios escancarados à gatinha.

XAVECO NO SHOPPING 2

Interpretação -
Risco -
Ousadia -

Muito bem, a verdade é que tem muita gente que faz dos shoppings o cenário ideal para uma paquera, para conhecer pessoas. É grupinho de menininhas pra lá, é molecada pra cá, em suma, as tardes nos shoppings também servem de pano de fundo para esses protagonistas que buscam o local por mera diversão e por causa do conglomerado de pessoas do sexo oposto. Em suma, nada mais justo do que uma segunda opção de xaveco no shopping para que esses aventureiros possam aproveitar. Então, vamos ao xaveco, que, aliás, nesse caso, é bem simples. Aborde a sua escolhida com uma pergunta direta: "*Oi, dá licença, posso te perguntar uma coisa? Você já viu ...., que tá passando aqui, no cinema?*". Evidentemente, a linha pontilhada deve ser preenchida com o nome de um filme que esteja passando no shopping – não dê essa bola fora, olhe a programação dos filmes em cartaz antes. Bem, a pergunta foi feita, se ela responder – é o mínimo que se espera –, vai dizer que sim ou que não, concorda? Pois é, se ela disser que sim, que já assistiu ao filme que você mencionou, faça uma expressão de contentamento e diga: "*É mesmo? E o que você achou? Mas seja sincera*".

Pronto. Malandro, não sei se você notou, mas, se esse papinho rolar entre vocês, bem, você já engatilhou um assunto com a menina. Esse é o objetivo, sempre. Note que você não fez nenhum convite a ela (ainda), o papo está amistoso, você quer saber a opinião dela sobre o filme para saber se vale ou não a pena vê-lo. E se ela responder que não viu o filme, relaxe, não seja previsível, não a convide para assistir. Diga que você tá meio a fim de ver, mas queria saber a opinião de alguém antes. Como ela não pôde te ajudar, bom, pro papo não morrer aí, pergunte a ela qual foi o último filme a que assistiu no cinema, e aí sim peça sua opinião.

Enfim, em qualquer um dos casos, se a coisa andar bem, conforme o esperado, vocês devem iniciar um assunto sobre cinema. Pergunte o nome dela, se apresente, mas volte ao assunto "cinema" o quanto antes, pois é desse mato que o coelho vai pular. E aí, é o seguinte... Depois de um mínimo de troca de informações, de opiniões cinematográficas, de preferências e coisas do gênero, sinta-se, meu camarada, completamente à vontade para convidar a gatinha para ver um filme com você. Claro que o programa não tem que ser necessariamente nesse mesmo dia. É apenas um convite para irem ao cinema juntos, um dia desses, sem estresse, "*nossa, vamos marcar de ver um filme?*". Uma troca de telefones redundará daí, certamente. A grande sacada é que esse convite se dará dentro de um contexto que você criou, diferente se, do nada, você chegasse nela perguntando: "Quer ir ao cinema?". Não, aqui você preparou o terreno, chegou na boa, ou seja, não precisamos dizer que suas chances aumentam! E repare que isso tudo é muito rápido; se o papo rolar bem, desde a hora em que você abordou a garota até o momento do seu convite não se vão mais que três minutos. Mesmo assim, o convite se justifica por tudo o que foi dito – você chegou na menina para saber de cinema, o interesse por ela veio depois; é assim que deve parecer.

DICA DO RAMPA:

Pouco importa se a menina pela qual você se interessou está ou não acompanhada de amigas, se está parada, andando, se está perto ou longe dos cinemas; sua abordagem tem, no início, um caráter quase científico, você quer a opinião de um desconhecido e ela foi a escolhida. Vá sem medo.

DICA DO ISMÁ:

Se você conseguiu levar bem o papo sobre cinema, mas na hora do convite ela vacilou, insista. Argumentos não te faltam: vocês gostam de cinema, ela é simpática, você também; mencione essas coisas, faça graça e insista no convite, ela só tem a ganhar.

XAVECO NO SHOW

Interpretação - 🎭🎭🎭
Risco - 💣
Ousadia - 🏆🏆🏆

Atenção, machaiada que curte ir num showzinho, ou mesmo em megashows de estádio, enfim, esse xaveco vale para qualquer evento musical. Se você está lá, curtindo o show, numa boa, e nota subitamente aquela brota em meio às outras pessoas, respire fundo, tome coragem e vá direto ao ponto. Chegue perto da gatinha e diga: "*Oi, cê tá ouvindo essa música? Pois é, é uma das minhas preferidas, se não for a número 1! E vou confessar uma coisa pra você, um lance que me deixa até meio triste... eu não tenho nenhuma história, nenhuma lembrança agradável relacionada a essa música. E eu vi você, senti uma coisa tão boa, queria um beijo seu*". É, pois é... Pode parecer loucura, mas é isso mesmo que deve ser feito. Peça o beijo. E evidentemente relacione-o com a música que está sendo cantada da maneira mais clara e convincente possível. Diga que um beijo dela seria uma coisa, um gesto muito maior que o beijo em si. Que todas as vezes que você ouvisse aquela música iria se lembrar dela e do beijo com muito carinho.

Deixe tudo isso sair de você com muita verdade. Acredite realmente no bem e no poder desse beijo. Passe essa crença para ela. Não precisamos aqui versar sobre a ousadia desse xaveco, e, conseqüentemente, sobre a grande possibilidade de a menina achar tudo um absurdo. Faz parte. A recusa do beijo é provável, mas isso não pode abalá-lo. Eis aqui um típico – e raro – cenário para uma bela duma insistência. Raro porque, como regra, o desejo alheio deve sempre ser levado em consideração (ver ensaio sobre o fora na pág. 9). Mas temos aqui uma exceção. Claro que você não vai cometer nenhuma grosseria, apenas mostre-se decidido, mais que o comum.

O lance é que você está no meio de um show, é muita gente, muito barulho, você provavelmente vai estar falando no ouvido dela, próximo à boca, ou seja, insista no beijo. Enquanto discursa e tenta convencer a mina, segure as mãos dela, passe o máximo que conseguir de sua energia. E não saia da tecla de que o beijo, junto com aquela música, tem tudo a ver. "*Desculpa, mas não te custa muito. Pra mim vai ser muito importante guardar essa recordação pro resto da minha vida, por favor*".

Sim, há aqui o espaço para esse discursinho chorão e individualista. Shows normalmente entorpecem, deixam as pessoas mais vulneráveis e suscetíveis a atitudes inesperadas. Aposte nisso e, sem pudores, peça o beijo.

DICA DO RAMPA:

Em último caso, evoque o ídolo e diga: "*Olha, é sério, em nome dele, vamos nos beijar? Em homenagem a ele e à musica, ok?*". Faça-a enxergar a magnitude do beijo naquele momento. E teste sua fidelidade ao músico, ora essa.

DICA DO ISMÁ:

E se o beijo rolou, foi bom, maravilha, né? Evite bancar o chatão e não fique grudado. Volte para o seu lugar, curta o resto do show com seus amigos, mas com o telefoninho dela no bolso. E aí, aumente o repertório retomando esse beijo em futuros encontros, por que não?

XAVECO NO SUPERMERCADO

Interpretação -
Risco -
Ousadia -

Fala, rapaziada que curte bancar a dona de casa, que vira e mexe pinta no mercado pra fazer umas comprinhas, aqui vai um xavequinho exclusivo para essas ocasiões. Se você é um cara que mora sozinho, a visita ao supermercado já deve fazer parte de sua rotina. Mas mesmo aquele desavisado, que raramente dá as caras num mercadinho, deve ler esta página com atenção, afinal, nunca se sabe. E você está lá, escolhendo a sua sopinha, o detergente, o macarrão, o raio que o parta, não importa; o que importa é que perto de você está a Miss Mercado.

Você repara, olha e gama. E ela lá. Menina graciosa ou mulher madura, isso também não tem a mínima importância. Você já gamou. Comece selecionando dois produtos, de marcas diferentes, dirija-se à dama e pergunte: "*Oi, me diz com sinceridade... qual desses detergentes é melhor?*". Diga isso com um certo charme, com um semi-sorriso, deixando no ar a dúvida de se você está sendo irônico ou se realmente quer saber a opinião dela. O detergente foi citado aqui como exemplo, claro, mas evite escolher produtos como achocolatados em pó ou sucos.

Escolha algo que tenha um apelo mais técnico, uma iguaria, uma massa ou qualquer produto de limpeza. Se ela der a resposta (qualquer que seja) com um certo entusiasmo, dando crédito ao inusitado da cena, bingo! – sua abordagem funcionou. Não deixe que o papo acabe com a resposta dela, prolongue o comentário com especulações acerca do produto. "*Hum... este aqui?... Será?... Você já usou ele? Fala a verdade!*"... Diga isso tudo em tom de humor; por mais sincera que seja a sua indagação sobre a qualidade do produto, a cena toda é curiosa, engraçada. Há ainda o fato de que você se mostrou humilde, admitiu sua ignorância acerca de um assunto e pediu auxílio. Mas bancar o pobrezinho o tempo todo também não é legal.

É interessante, nesse curto papo sobre detergentes, você inverter habilmente o jogo a seu favor. "*Olha, desculpa, tô até meio envergonhado, mas realmente eu não manjo nada de detergente... Se a gente for conversar sobre vinhos, por exemplo, eu acho que não faria tão feio...*". Tome cuidado para não parecer pedante, exibido.

Diga isso com naturalidade e não se esqueça de manter o bom humor, seja um cara descontraído, engraçadinho. Se sentir uma brecha, lance uma pergunta pessoal. Qual o nome dela? Ela mora por perto? Por que está lá? Mora sozinha? Se a resposta vier seguida de uma indagação do tipo "e você?", comemore, vocês têm um papo a ser terminado. Cabe aí a ousadia de pedir o telefone. A reação dela diante do pedido pode ser das mais variadas. Ela pode achar muito normal e dizer o número até com um certo prazer, como pode também achar muito estranho e precipitado. Nessa segunda hipótese, não se desespere. Lance uma piadinha do tipo "*Você se mostrou tão prendada, gostaria de poder te ligar caso pinte uma dúvida um dia com relação à melhor marca de atum*". Convença-a de que você é um cara legal, confiável, e se for premiado com o telefoninho (ufa!), página 164.

DICA DO RAMPA:

Quando for dar a guinada no assunto trazendo o papo a um produto que você conheça bem, tenha o cuidado de escolher algo com que você realmente esteja familiarizado. Não corra esse risco. Não vá falar que manja de vinho se não entende patavinas da bebida.

DICA DO ISMÁ:

Caso você venha a lançar mão da piada final, dizendo que ligaria para ela para pedir conselhos domésticos, deixe claro que isso foi uma **piada**. Ninguém quer um chato ligando pra casa da gente como se fosse um SOS Domicílio. Pode até soar machista. Cuidado.

XAVECO NO TEATRO

Interpretação -
Risco -
Ousadia -

Se você vai ao teatro, parabéns. Se não, comece a ir. Além de ser uma grata diversão, as salas de espetáculos costumam ser povoadas por beldades. Mas calma, primeiro vamos estudar mais detalhadamente esse tipo de gatinha. Sabemos que o teatro abriga um público bem específico, na maioria das vezes pessoas bem articuladas, inteligentes ou que, pretensamente, possuem essas qualidades. Amigas que vão juntas ao teatro, salvo exceções, claro, são estudantes de artes cênicas, filosofia, literatura, música, artes plásticas ou outros cursos de formação artística ou erudita. Dessa forma, a primeira e essencial recomendação é que você deve ser absolutamente autêntico. Seja sincero, é a melhor maneira de tentar conquistar a atenção da gatinha que não foi lá pra conhecer caras, e sim para ver arte. Seguindo essa linha e com o desejo já presente e incontrolável de conhecer aquela brota, seja corajoso e não espere a melhor hora para o ataque, pois o ataque deve ser agora. Num espetáculo teatral você não vai ter muitas chances de abordagem, portanto, seja determinado. Tomada a decisão, olhe nos olhos dela e siga em frente. Não importa se ela está acompanhada de uma ou de algumas amigas – fato, aliás, corriqueiro em teatros –, sua atitude já foi tomada. Chegue nela e diga com total simplicidade e segurança: "*Impressionante, mas não sabia que ia ter uma surpresa dessas*". Ela não vai entender nada, e deve olhar para as amigas sem saber o que fazer. Você continua: "*Pois é, vim ao teatro, ver o espetáculo de um autor que eu gosto, e ganho, de cara, esse presentinho*". Provavelmente ela continuará estranhando seu discurso, mas já vai ter o dado de que você é um cara que conhece autores de teatro. Prossiga, irredutível: "*Poxa, desculpe a franqueza, mas faz tempo que a imagem de uma pessoa não me chama tanto a atenção. Sei lá, não tem nem por quê, mas gostei de você. Qual o seu nome?*". Confie, ela vai dizer. Depois de ouvir a graça da princesa, seja educado e pergunte o nome das amigas. Diga como se chama e emende, sem rodeios: "*Quero pegar um cinema ou teatro com você um dia desses, me dá seu telefone pra gente marcar?*". É isso. Faça esse estilo homem audacioso. Num ambiente como esse há grandes chances de boa receptividade. E no caso de uma recusa, insista. Subsidie seu interesse com elementos totalmente subjetivos, pode funcionar: "*Não sei o que me deu, não é um impulso comum em mim, sou até meio tímido. Mas, confie, me dá esse crédito, vai?*". E peça novamente, com um meio sorriso maroto: "*Me fala seu número?*". É, camarada, a torcida é para que não só a peça lhe sirva de boa recordação desta noite. Se o numerinho rolou, evidente, o telefonema há de ser dado! Página 166.

DICA DO RAMPA:

Menininhas que vão ao teatro costumam ser muito comunicativas e extrovertidas. Numa possível falta de assunto ou disposição sua, opte pelo resgate do número telefônico dela e, em seguida, bata em retirada. Não dê sopa pro azar forçando um papo que você não quer ou não sabe levar.

DICA DO ISMÁ:

Não faça caras e bocas nem nada que indique artificialidade em seus gestos. Seja você mesmo e aposte na sensibilidade da gatinha. Abra seu coração.

XAVECO NO TRÂNSITO

Interpretação - 🎭🎭🎭
Risco - 💣
Ousadia - 🏆🏆🏆

Nada mais agradável que vislumbrar aquele piteuzinho motorizado bem ao seu lado. Você está ali, injuriado com o congestionamento, ouvindo um som para passar o tempo e, surpresa!, no carango ao lado do seu uma brotinha de – perdão pelo trocadilho óbvio – parar o trânsito. Nem pense muito. Você deve ser ágil. O seu sucesso pode depender de um semáforo mais ou menos demorado. Ao descobrir a coisica, associe-a a algum lugar ou pessoa que você conheça. Buzine para ela e apresente-lhe um belo sorriso e uma simpatia ímpar.

O objetivo aqui é fazer com que, no momento em que ela te olhar, essa simpatia seja mútua. Sabe aquela situação em que te cumprimentam no meio da rua e você simplesmente não consegue reconhecer o autor da saudação? Pois é, isso acontece muito. E normalmente a primeira e espontânea reação é responder de forma aprazível, simpática.

Desperte na gatinha essa reação, acreditando realmente que já a conhece. Quando ela te olhar, diga um "*oi*" com cara de surpresa e continue falando algo do tipo "*não acredito que te encontrei por aqui*". Ela provavelmente vai reagir com uma cara de interrogação. Continue e não se esqueça de que o tempo urge. Ante a cara interrogativa dela, pergunte: "*Você não levou um papo comigo há umas três semanas, na saída do show do Arnaldo Antunes?*". Nem dê tempo de ela responder, até porque ela diria, obviamente, que está sendo confundida.

Diga, então, com uma cara de constrangimento e meio que se divertindo com a situação: "*Nossa! Desculpa, imagina... Confundi você com outra pessoa... É que eu estava ouvindo aqui uma música do Arnaldo e a associação foi inevitável*". Seja irônico com você mesmo e então sorria para ela, dizendo, com muita simplicidade: "*Pois é, o farol vai abrir e, quem diria, acabei conhecendo alguém. Como é o seu nome?*". Se ela responder, ótimo. Se não, insista e vá logo pedindo o telefone. Vocês não se conhecem, estão no meio do trânsito, vai ficar claríssimo que isso tudo é um xaveco mesmo. Se ela quiser dar o número, vai dar. Se não quiser, não vai. Assim, peça o telefone, sem muito pudor, mas com toda a sua simpatia, claro. Dando certo ou não, aumente o som e boa viagem. Se não deu pra descolar o telefoninho, pelo menos você bateu um papo com uma gatinha no sinal fechado. E fique atento, vem outro farol logo mais!

DICA DO RAMPA:

O show do Arnaldo Antunes foi obviamente um exemplo que colocamos aqui. Você pode substituí-lo por um show de outro músico, ou mesmo por um programa como uma exposição ou peça de teatro. Mas opte, necessariamente, por algo do circuito cultural. E tente um lance que se aproxime da imagem que a gatinha te passa. Se ela é toda tatuada e cheia de piercings, não vá dizer que a viu na saída do show do Tiririca.

DICA DO ISMÁ:

Seja cauteloso na abordagem. As cidades andam muito violentas e algumas brotinhas morrem de medo ao serem abordadas por quem quer que seja quando estão dirigindo sozinhas. Mostre-se nitidamente amigável.

PARTE 2

Xavecos em Mulheres Que Você Conhece Pouco

Nesta parte as opções de chegadas são para aquelas mulheres que, apesar de não terem grande (ou nenhum) contato com você, também não são completas desconhecidas. Desde aquela vizinha que você nota quando está estacionando o carro na garagem até o piteuzinho da academia, não é difícil ter o desejo despertado nesses casos. Afinal, você vê a gatinha com certa freqüência, não dá pra fingir que ela não existe. Mas não se iluda com o fato de ela não conhecer você, isso não lhe dá o direito de ser inconseqüente. Diferentemente de um xaveco no ponto de ônibus, esta é uma situação que exige um pouco mais de precaução. Você pode nunca ter ouvido a voz dela, não ter idéia de seu nome, do que faz, do que gosta, mas não se esqueça, você vai ver essa mulher outras vezes. Sua exposição não deve ser total. Acione seu senso de autopreservação. Contudo, só cuidado também não vai te levar a lugar algum, você quer beijar aquela mulher. Terá aqui a difícil e prazerosa tarefa de dosar cautela com ousadia.

XAVECO NA ACADEMIA 1

Interpretação -
Risco -
Ousadia -

Academia. Vamos repetir a palavra, ok? A - ca - de - mi - a. Acho que é dispensável versar sobre a quantidade de pitéus que compõem esse ambiente. Se você, bravo colega amante da conquista, freqüenta uma academia, terá agora uma opção a mais para incrementar suas investidas. Bom, você fitou aquela coisica há alguns dias e já concluiu que a beleza e gostosura da moça chegam a atrapalhar seu treino. Só lhe resta uma coisa... ação!

Espere um momento propício durante as atividades dela dentro da academia para abordá-la – uma hora em que ela parou pra descansar, em que está trocando de aparelho –, então, chegue perto dizendo: "*Oi. Olha, eu não tô muito legal, aconteceram umas coisas chatas na minha vida, mas venho notando você aqui há algum tempo e, sei lá, você me passa uma tranqüilidade, uma coisa boa, sabia? Será que depois do treino a gente não pode tomar um suco juntos? Eu queria que você me desse cinco minutos*".

Num ambiente onde a vaidade predomina, onde todos têm a preocupação de exibir seus músculos (você e ela até podem estar incluídos nesse perfil, afinal, é uma academia, oras!), você, nesse momento, mostrou que pode ir mais longe, que tem sensibilidade e, mais que isso, que viu sensibilidade nela! Você certamente a surpreenderá, e dificilmente a resposta será negativa. É possível que ela indague, ali mesmo, o que se passa. Ela ficou curiosa. Mas fuja do diálogo nessa hora, no máximo pergunte o nome dela e ratifique o pequeno encontro para depois do treino. Reafirme que você não quer mais que cinco minutos, e ela não deve recusar. Aí, volte para seus exercícios e proceda normalmente, siga seus hábitos e ritmo, apenas fique atento ao horário combinado.

É óbvio ululante que você já deve ter em mente a historinha que irá dramatizar para a moça. Por que você não tá legal? O que te aconteceu que você foi pedir auxílio para um estranho? Essas perguntas terão que ser respondidas. Chegada a hora, diga, de cara, o motivo. Busque então alguma coisa mais próxima de sua realidade, não viaje na maionese. Diga, por exemplo, que teve uma discussão chata com sua mãe ou com seu chefe; diga que bateu o carro; que está numa maré de azar; enfim, busque qualquer coisa, não muito fantástica, e fale disso rapidamente. Claro, se você não dirige, não vá dizer que bateu o carro. Se não trabalha, não vá dizer que brigou com o chefe. Como já foi dito, busque algo próximo de sua realidade (ver ensaio "A mentira que vale", pág. 153). Mas não prolongue muito esse assunto (ele foi só o mote pra você ter esse momento a sós com a dama) e, numa rápida manobra, inverta o papo para ela. Repita que viu nela uma tranqüilidade incomum, que sempre que a vê você também se sente melhor, que ela te passa uma energia muito boa. Diga coisas como "*nunca ninguém te disse isso?*" e "*agora mesmo estou me sentindo melhor*".

Se ela sorrir, elogie, no ato, o desenho que o arco de seu sorriso produz. Você quer a menina. E a grande verdade dos fatos é a seguinte, amigão: você se mostrou um cara sensível, carente, e ao mesmo tempo corajoso em revelar isso a ela. E um convite seu, ali mesmo, para um cinema ou um sorvete no sábado terá **total** coerência. Afinal, você gosta da companhia dela, ora bolas! Isso está dito! Aliás, mais que gostar, você precisa da companhia dela. Ela **nunca** recebeu um convite para sair nessas circunstâncias. Nunca imaginaria receber os elogios que recebeu na academia. Você, com um bom desempenho e um sopro da sorte, tem tudo pra ganhar esse encontro.

DICA DO RAMPA:

Se ela não topou o cinema, lamente, não insista, mas pegue o telefone. Lembre-se, essa história não acaba aí, ela não vai sumir da academia, deixe-a ir pra casa e absorver tudo o que você disse.

DICA DO ISMÁ:

Nesse primeiro papo, primeiro suco, capriche no desodorante, na balinha de hortelã. Seja esse cara sensível e surpreendente, mas lembre-se de que você está na academia e malhou. Portanto, nada de ir direto da sessão de abdominal para a conversa. Passe antes na ducha e saia cheirosão.

XAVECO NA ACADEMIA 2

Interpretação -
Risco -
Ousadia -

Pois é, sendo as academias, em sua grande maioria, verdadeiros haréns, nada mais justo que uma segunda opção pra você, freqüentador assíduo, aproveitar. E se você está lá, meio entediado, e nota de repente aquela delícia – que você sempre nota, de repente ou não – passando por você, levantando pesinhos, suando na bike ergométrica, pois bem, ela tá lá, você tá lá, o que fazer? Vá até ela e, como quem não quer nada, minta. Minta na maior cara-de-pau e confiança do mundo.

A mentira nem sempre é ruim, nem sempre é negativa. Se você já leu o texto "A mentira que vale", da página 153, já sabe disso. Chegue na brota e diga "*Oi, eu te vi na Bienal esse fim de semana, no sábado à tarde, pra ser mais preciso... Você tava lá, não tava?*". Não, você não a viu coisíssima nenhuma. Mas vai dizer que viu com a maior certeza do mundo. Claro, evidente, óbvio, que a Bienal foi um mero exemplo. Você pode substituí-lo por uma bela festa-rave-tesão que rolou no fim de semana, por uma peça de teatro bacana, pela pré-estréia de um filme interessante que entrou em cartaz, por um show de um cantor *cool* que aconteceu há poucos dias. Enfim, mais uma vez molde o xaveco de acordo com a sua realidade. Mas opte, invariavelmente, por algo que de fato lhe soe interessante.

Não vá dizer que a viu comendo um pastel de feira ontem de manhã. Já que é pra mentir, minta decentemente. Você sabe que ela não estava lá, então, o que em realidade vai ficar é o registro de lugares que você freqüenta. No exemplo dado ela certamente irá pensar: "Hum, então esse cara vai a Bienais...". Salvo uma grande e absurda coincidência, ela vai dizer que não estava lá.

Faça uma cara de espanto e insista. "*Nossa, não era você?*". Não, não era ela. Então, lamente, e diga que tinha achado muito legal a idéia de ter visto alguém da academia que também gostava desse tipo de programa. Observe a reação dela aos seus comentários. Ela se mostrou interessada em saber como estava a festa ou a Bienal? Como foi a peça ou o cinema? Fez algum tipo de pergunta para você? Algum comentário? Bom, independentemente da reação da gatinha, a continuidade do xaveco é a seguinte:

você vai convidá-la, ali mesmo, entre o supino e o aparelho torneador de coxas, para o exato programa mencionado. Convide-a para a Bienal. Convide-a para a mesma peça, o mesmo filme, para a rave que você sabe que vai rolar semana que vem.

Não, não há problema em rever uma peça ou filme, desde que sejam bons programas. Um pouco de bom senso não vai mal. Mas o lance é pegá-la de surpresa e, mais que isso, instigá-la a ir num evento em que ela supostamente tinha ido, mas não foi, não era ela, ou seja, essa é a chance. Uma espécie de segunda chance. Termine esse papo com as formalidades necessárias (nome, bairro onde mora), troque telefones e ratifique o programa. Faça-a aceitar ali mesmo. Seja incisivo, decidido, costuma funcionar. Contudo, se a negativa da moça também for incisiva, lamente por ela, diga um simpático "*tudo bem*" e volte à sua rotina de exercícios de cabeça erguida. O importante é que você seja o tempo todo um cara obstinado, mas tranqüilo. Lembre-se de que você vai ver essa menina outros dias; se ela não puder ou não quiser mesmo, tente ao menos a troca de telefones – criar um vínculo fora da academia já é um avanço.

DICA DO RAMPA:

Ok, o tel já é uma boa, mas nossa torcida é para que você tome seu banhinho nesse dia cantarolando o encontro já marcado. Esse é o objetivo inicial do xaveco. Diga coisas como "*eu achei que você tava lá, só que me enganei, me confundi. Mas depois pensei que aquela balada tem a sua cara, não perca essa oportunidade, vai! Vamos? Combinado?*".

DICA DO ISMÁ:

É prudente que você realmente já tenha ido à Bienal ou já tenha visto a peça ou filme caso seus exemplos tenham sido esses. Se não viu, informe-se bem sobre esses eventos antes da abordagem. Não dê sopa para o azar, ok?

XAVECO NO AMBIENTE DE TRABALHO 1

Interpretação -
Risco -
Ousadia -

Essa é aquela situação em que você vidrou numa gatinha do seu trampo sem que ela ao menos saiba da sua existência. Não importa muito a freqüência com que você costuma topar com a boneca – seja todo dia, na hora do almoço, seja só um dia da semana, porque você visita um cliente –, o fato é que você ficou a fim. Lembre-se de que essas situações exigem um pouco mais de cuidado de sua parte, ela não é uma completa desconhecida. Mas, se você é um cara que prefere ousar, há uma investida clássica para esses casos. Essa mulher, que você vê com certa freqüência, admira a roupinha que ela usa nos dias de calor, o jeito como ela mexe no cabelo ou a delicadeza com que cruza as pernas, mas que mal sabe de sua existência, pois bem, essa mulher vai receber um presentinho seu.

Calma, você não vai lhe dar rosas, muito menos um perfume. Sua investida será discreta e mais inteligente. Não importa o estilo que você faça, dê-lhe um livro. Chegue perto – ela não vai estranhar tanto, pois também o conhece de vista –, pergunte seu nome e diga que tem uma coisa que gostaria que ela lesse. Na mesma hora, entregue o livro, que NÃO vai estar embrulhado, de forma alguma! Não é Natal nem o aniversário dela, não faça escândalo. Faça, sim, a coisa parecer informal. Também não escreva nenhuma dedicatória. Seja direto, evite correr riscos desnecessários. Dar o livro já é um grande passo.

Chegue com ele na mão, troque algumas palavras com a moça, mas frise alguns tópicos como "*observei você algumas vezes e esse livro me veio à cabeça, não sei por quê, mas acho que você vai gostar*". Não se prolongue muito, entregue o livro e, educadamente, puxe o carro. Você já plantou a semente, não seja um cara chato, não busque atenção. Deixe-a confusa e intrigada. "Quem é esse homem? Por que ele me deu um livro?". A partir desse dia você deixou de ser um desconhecido e virou ***um cara***. Detalhe: um cara imprevisível, generoso, observador. Algum tipo de admiração essa mulher vai nutrir por você, isso é certo. No próximo encontro ela o verá como "o cara do livro", você será notado, haverá toda uma mística a seu respeito. "O que será que ele pode me dar hoje? Ele é sempre assim, ou foi só aquele dia?". O mais importante é que você terá alguns dias para pensar no seu próximo passo. Você pode, por exemplo, abordá-la dias depois e pedir seu telefone. Você tem liberdade e moral para isso, ora essa. Você conquistou esse espaço e ela vai dizer o número. Mas você pode, ainda, pensar em algo mais sofisticado, de acordo com seu estilo de vida e com o que você perceber na moça depois de lhe ter dado o livro. As manhas são essas. O fato é que, como já foi dito, você plantou a semente. Não arregue, regue!

DICA DO RAMPA:

Se ela tiver o livro ou já o tiver lido, e disser isso na hora em que você o mostrar, não se desespere. Insista para que ela aceite assim mesmo (presente não se recusa), e diga algo como "*então eu não me equivoquei em minhas observações, hã?*". Fora isso, nenhuma mudança. O ato continuou original.

DICA DO ISMÁ:

Que livro você vai dar? Não corra risco nessa escolha, evite temas específicos, livros de auto-ajuda ou coisas do gênero. Seja simples, clássico. Um livrinho de poemas ou um bom romance de um escritor brasileiro são boas opções. O mais importante aqui (e isso precisa ficar claro) não é o livro, mas o ato de presentear. Lembre-se disso.

XAVECO NO AMBIENTE DE TRABALHO 2

Interpretação - 🎭🎭🎭🎭
Risco - 💣💣💣
Ousadia - 🏆🏆🏆🏆🏆

Vamos cogitar aqui a happy hour como opção para chegar naquela gatinha que trabalha com você. É sabido que quando a galera se reúne para aquela cervejinha depois do expediente tudo pode acontecer. Você, amigão, que rala a semana inteira e está acostumado a trombar com aquele pitéu pelos corredores, entre uma sala e outra, encontros sempre recheados de formalidades, tem aqui uma oportunidade de ouro para desvendar toda a humanidade que existe naquela mulher. Mas é importante sublinhar como primeiro e fundamental passo a preparação. Avalie-se no dia-a-dia do batente, tente descobrir quem é você para as outras pessoas. E a partir daí, crie, ao seu redor, um ar de mistério. Mas com simplicidade.

Por exemplo, apareça com algum livro interessante e esqueça-o no escritório. No dia seguinte, pergunte para todo mundo, inclusive para o pitéu, se alguém viu o objeto perdido. Em outra ocasião, vá de fones de ouvido escutando uma música nada óbvia. Deixe a caixinha do CD sobre a mesa durante a hora do almoço. Faça com que notem suas sutilezas, mas lembre-se: não invente manias que não tem, você pode ser desmascarado. Assim, dentro de sua realidade, deixe pistas nítidas de que sua vida fora do escritório é bacana, que você é um cara que lê, ouve boa música, enfim, é um cara descolado.

Esse preparo é fundamental, você deve despertar curiosidade nas pessoas; com ela não será diferente. No dia da balada, da happy hour, você vai à forra. Programe-se para fazer parte da turma dos homens. Esqueça a idéia de ficar na turminha das meninas, não seja uma figura cotidiana para elas. Esse é o momento de se soltar, todos os reprimidos do horário comercial estão a fim de se desprender, encher a cara. Seja o mais divertido, sugira assuntos, faça sucesso também entre a rapaziada. Quando você perceber que está agradando, vá até o banheiro, cheque o visual, confira se o sorriso está em ordem e lance aquela balinha de hortelã.

Na volta, sem vacilo, puxe uma cadeira e sente-se ao lado da gatinha almejada. Escale-a para uma conversa privada, demonstre autoridade. Vá logo fazendo uma pergunta absolutamente pessoal e ousada, tipo: "*Pois é, hoje, durante todo o dia no escritório e desde que chegamos nesse boteco* (é bacana chamar barzinho de boteco) *fiquei tentando descobrir uma coisa a seu respeito...*". Faça um pequeno suspense, tome um gole da bebida dela e continue: "*Será que a sua meia é três-quartos ou sete-oitavos?*".

Não espere a resposta; emende, com uma boa pitada de malandragem, antes que ela diga qualquer coisa: "*Engraçado como você sorri mais bonito fora do escritório. Nossa! Desculpa a exigência, mas quero ganhar esse sorrisinho de novo*". É óbvio que essa frase só deve vir se ela realmente sorrir. O que é bem provável, pois sua pergunta foi incomum. Ou por achar graça, ou por ficar sem graça, ela deve sorrir, aí você emenda e já rasga o elogio. A partir daí, sinta o clima, veja se dá para engatar um papo mais longo, mas em hipótese alguma alugue a mulher. Volte para a turma dos homens, deixe algo no ar. Se não der esquema para agarrá-la nessa mesma noite, lembre-se de que ela vai estar no escritório no dia seguinte. Peça o telefone. De repente ela pode se sentir mais à vontade em um encontro a dois. Use a sensibilidade e mande brasa!

DICA DO RAMPA:

Ok, o comentário da meia três-quartos é meio cafa mesmo. Mas essa é uma situação em que a cafajestagem é viável, cabível. O ambiente de bar, as doses de álcool, tudo isso disfarça um pouco essa sua repentina ousadia. E o mais importante é que deselegante você não foi. Foi apenas fiel à sua curiosidade. Aventure-se, amigo!

DICA DO ISMÁ:

E se ela não estiver usando meia-calça, saia, essas coisas? Não é preciso dizer que o comentário da meia três-quartos naufragou. Tente substituí-lo por algo que também tenha a sua dose de sensualidade. Por favor, não vá perguntar a cor da calcinha, não corra o risco de cair na vulgaridade. Mas perguntar que perfume ela está usando pode ser uma boa.

XAVECO NO BALCÃO 1

Interpretação - 🎭🎭🎭
Risco - 💣
Ousadia - 🏆

Muito bem, vamos explicar para quem realmente é direcionado esse xaveco. Balcão te remete a quê? A resposta certa aqui seria: "às balconistas". É isso, vamos ao primeiro xaveco para aquelas gatinhas que se escondem atrás dos balcões de padaria, farmácia, supermercados, e por aí vai. Note que esse xaveco está na Parte 2 do seu Manual, ou seja, é uma abordagem para mulheres que você conhece pouco. Isso porque o intuito aqui é agarrar aquela balconista que vira e mexe te atende. Seja na padoca perto da sua casa, na farmácia em que você costuma ir, no mercado do seu bairro, sempre há a possibilidade de uma súbita atração (ou paixão) pela graciosa balconistazinha. Mas ela não é uma completa desconhecida. Talvez até se lembre da sua cara. Assim, vamos iniciar esse xaveco pelo seu final. Qual é o objetivo? O objetivo é pegar o telefone dela. Preferencialmente o telefone da casa dela.

A partir daí você cria um vínculo com a gatinha que vai além da relação cliente/balconista. Se conseguir pegar o tel dela, parabéns, pois um convite, uma proposta nesse seu telefonema é mais que esperada.

Aí você lança o que quiser. Convide-a para ir à sua casa, para um encontro na saída do trabalho dela, para um cinema, jantar, o que você julgar propício e viável. Repetindo: com esse telefoninho na mão podemos afirmar que falta pouco. Diferente do que ocorre quando você adquire os telefones de mulheres que não conhece, ela, a balconista, já terá uma mínima referência sua e muito provavelmente já terá noção das suas intenções. Ok, entendido isso, como pegar esse telefone? A velha tática de sempre. Crie, aos poucos, vínculos com ela. Faça um dia uma piadinha qualquer na hora em que você for atendido. No outro dia, elogie alguma peça de roupa dela. Evite elogiá-la (olhos, cabelo), pode parecer xavequeiro demais. Dizer *"nossa, que brinco bonito!"* é melhor. Fique atento aos horários em que ela trabalha. Claro, se der pra ir comprar pão, ou desodorante, na hora que ela estiver lá, melhor. Vá sentindo essa proximidade, e, num dia qualquer, quando você estiver sendo atendido, puxe um papo. Papinho, de leve. Tipo, pergunte a ela, numa segunda ou terça-feira, como foi seu fim de semana.

Se ela disser que trabalhou, ou que não fez nada de mais, lamente e conte algo interessante que aconteceu no sábado à noite. Chame-a pelo nome, seja simpático, e quando se despedir diga "*bom trabalho*".

Quando você notar que ela já sabe muito bem quem é você e, mais que isso, quando notar o sorrisinho na cara dela toda vez que for te atender, é o sinal de que a hora chegou. Escolha um momento em que nenhum outro funcionário ou gerente esteja perto – de preferência, nem clientes – e peça o telefone. Isso pode ajudar. Peça o número com a maior simplicidade do mundo, sem rodeios ou mistério. "*Anota seu telefone pra mim*". Se ela perguntar "pra que o número?", mantenha sua simplicidade e diga, tranqüilamente, "*ué, pra eu te ligar, oras! Anota aí... é bom conversar com você*". Se o tel não vier depois disso, não insista. Vale até tentar novamente um outro dia. Mas, se vier, e deve vir, você já sabe o significado dele, falamos disso no início do xaveco. Agora é com você, com ela e com Deus.

DICA DO RAMPA:

Como a situação vai possibilitar que você observe a gatinha algumas vezes antes do bote, veja se ela tem ou não uma aliança de casamento no dedo. Não que isso vá minar seus planos, mas, nesse caso, opte por pedir o celular da menina. Fica mais seguro. Em último caso, anote você o seu número e diga que está aguardando o telefonema. Isso pode até render assunto para as próximas visitas: "*Pô, você ainda não me ligou, hein?*".

DICA DO ISMÁ:

Antes de pedir o telefone, dê à moça, um dia qualquer, como quem não quer nada, um Sonho de Valsa. Não deixe parecer que foi premeditado, faça-a pensar que foi um gesto fortuito de generosidade. "*Gosta de bombom? Quer um pra você?*". Apenas marque seu território com a imagem de um cara simpático e atencioso. Vai pegar bem.

XAVECO NO BALCÃO 2

Interpretação -
Risco -
Ousadia -

Aqui vai uma opção mais direta, mais curta e grossa, na tentativa de você conseguir o que quer, ou seja, agarrar a gracinha que te atende atrás de um balcão. Muito bem, lá está você, novamente, indo em direção a ela. Lembre-se de que vocês não são completos desconhecidos, é importante que para este xaveco você tenha certeza de que ela ao menos saiba de sua existência. A moça não precisa saber seu nome nem nada, mas deve saber que você é um cliente relativamente assíduo no tal estabelecimento. Você pode garantir esse status com um simples cumprimento todas as vezes que cruzar com ela: "*Oi, tudo bem? Vou levar só isso mesmo*". Dada a sua freqüência e os seus cumprimentos, ela deve memorizá-lo. É isso que se espera, pois um dia, do nada, você pega e diz: "*Nossa, sabia que eu sonhei com você esta noite?*". Espere e note a reação de surpresa dela, então prossiga: "*Sério! Muito louco, foi um sonho muito estranho, eu tinha que te falar isso*".

Ela deve se surpreender, até porque você nunca havia falado com ela, a não ser o necessário e os formais cumprimentos. De repente, o cara vem e diz que sonhou com ela. Claro, ela pode querer saber como foi esse sonho, mas pode também ficar envergonhada, enfim, não importa como ela vai reagir, a sua postura será a seguinte: mantenha o ar de mistério, você também ficou surpreso com esse sonho, e não diga, em hipótese alguma, nada sobre ele. No auge da sua representação enigmática, peça um papel e uma caneta. Ela deve ter, afinal, é uma balconista. Anote então seu telefone e diga: "*Quando você sair daqui, tiver um tempo, bem, me liga nesse número. Eu preciso te contar isso com calma... tá bom?*". E saia.

É importante você conservar esse mistério, deixá-la curiosa, intrigada. Claro, não exagere muito, não vá deixar a menina com medo. Se sentir necessidade, antecipe que o sonho foi uma coisa louca, mas boa. E pronto. Pare por aí, nem mais um pio. Saia do recinto deixando claro que você está aguardando o telefonema dela. Não é preciso dizer que você tem até esse telefonema para inventar um sonho bem interessante. Jamais mencione um sonho erótico nem nada que se aproxime disso. Você não tem qualquer intimidade com ela; evite até mesmo um sonho em que vocês estejam juntos, compartilhando as mesmas experiências. Opte por narrar um sonho em que a aparição dela foi também surpreendente pra você. Por exemplo, você foi numa peça de teatro, com um amigo, e quando viu era ela a atriz. Ou você era o DJ de uma festa, e ela aparecia pedindo sempre a mesma música. Se você chegar a contar esse pseudo-sonho pra ela, é evidente que terá de fazê-lo com uma certa riqueza de detalhes, incrementá-lo e prolongá-lo da melhor maneira – os exemplos dados aqui foram resumidos. Aí, amigão, se ela ligou, se você contou o sonho e foi bem ouvido, emende um convite para continuar esse agradável papo.

Na pior das hipóteses, pegue o telefone dela (ela já tem o seu, oras) e ligue num outro dia com um convite bacana. Não se esqueça de que para essa mulher você é um cara diferente, um cara que sonha com meninas do balcão; pode ser interessante conservar essa imagem, fique atento a isso.

DICA DO RAMPA:

Faça um paralelo, uma analogia, uma relação entre o sonho e a vida real. No caso do exemplo em que você a viu no palco do teatro, diga que "*é como se você, atrás do balcão, também representasse... Eu fiquei pensando nisso – como será essa mulher na vida real?*".

DICA DO ISMÁ:

Caso ela não ligue, óbvio, esse será o assunto na sua próxima visita à loja. Faça uma chantagem mesmo, ou seja, ela só saberá do sonho se ligar para você – o que tem certa lógica, não tem cabimento você ficar detalhando seu sonho no meio do trabalho dela.

XAVECO NO CAMPING

Interpretação -
Risco -
Ousadia -

Então, a galera que costuma ir para campings sabe que o bicho pega mesmo é na hora do rango. Por mais que sua barraca seja daquelas superequipadas, não é de praxe fazer banquetes no fogãozinho improvisado. E aí, sem mais nem menos, no percurso entre um miojo e uma água, você tromba a princesinha do acampamento, a brota que dorme todas aquelas noites a poucos metros de você, protegida apenas por uma fina parede de lona.

Nessa situação, meu velho, dê o melhor dos presentes: prepare para ela uma bela gororoba, seja o chef do pedaço. Você, quando trombar a mina, vai abordá-la com tranqüilidade. Apresente-se, troque trivialidades com ela, até aí nenhum problema, o espírito aqui é de comunidade. Diga que está com fome e mostre-se curioso. Pergunte, com humor, o que vai ter de rango na barraca dela, como ela faz para se virar. Conte um caso de quando você foi tentar fazer um arroz e quase botou fogo na barraca, ou coisa assim.

Quando alguma piadinha sua emplacar, deixando você diante de uma gatinha sorridente, assuma um suave tom de seriedade e diga: "*Agora, falando sério, eu curto cozinhar. Pois é, a rapaziada por aí curte o meu rango, eu também adoro, e não dispenso o ritual do preparo*". Mulheres costumam gostar de homens prendados, mas cuidado para não se exibir muito. Procure saber coisas sobre ela, mergulhe também no universo feminino. Fale de algum prato inacreditável de sua autoria, deixe-a com água na boca.

Quando o papo estiver a seu favor, despeça-se, saia de rolê e volte para a sua barraca. Ok, por hora é isso. E, no dia seguinte, pouco antes da hora do almoço, vá descaradamente até a cabana dela e convide-a para almoçar. Caso ela não possa, tente marcar para o jantar. Corra riscos, seja ousado, e compre um belo livro de receitas para estar preparado para fazer seus quitutes. Nem cogite a possibilidade de fazer um macarrãozinho instantâneo. Sua maior arma de persuasão aqui é a habilidade diante de um fogão. Lembre-se, irmãozinho, a sereia morre pela barriga.

DICA DO RAMPA:

Ensaie antes o seu ato. Treine fazer o prato escolhido para algum amigo. Lembre-se de que, depois de tanta propaganda, o mínimo que se espera é que o rango esteja bom.

DICA DO ISMÁ:

Tente fazer a primeiríssima abordagem antes de alguma refeição, na hora da fome. Isso deve ajudar no seu xaveco gastronômico.

XAVECO NO CLUBE 1

Interpretação -
Risco -
Ousadia -

Muito bem, se já escolheu a delicinha do seu clube que você quer, que você precisa conhecer, prepare-se e espere por aquela situação em que você e a gatinha estarão no mesmo ambiente, ambos desacompanhados. Pode ser na piscina, na quadra, na ginástica, na lanchonete, não importa. Só não perca a oportunidade da presença solitária da moça, pois nos clubes é comum as meninotas andarem em bandos. Tudo em ordem, você por ali, ela também, eis que você tem um súbito e fulminante mal-estar. É isso mesmo, simule que está com algum tipo de tontura e aproxime-se dela para pedir ajuda.

Diga que ficou muito tempo na malhação de estômago vazio, isso justifica tudo. Faça com que ela se sinta uma enfermeira da Cruz Vermelha e atribua-lhe tarefas: "*Você pode, por favor, pegar para mim um copo d'água, um suco...*". Agonize e continue: "*Que suco será que é bom para repor as energias?*".

Faça perguntas, deixe que ela, conduzida por você, resolva seus problemas de saúde. Deixe-a, enfim, salvar a sua vida. Caro amigo xavequeiro, perceba que o importante aqui é você estar impossibilitado de agir. Quanto pior você estiver, melhor. Óbvio que sem cometer excessos; sinta o limite. Não vá fazer a mina chamar o helicóptero do HC. Fique atento, simule um mal-estar, não um infarto ou um derrame. Ela deve se comover com seu sofrimento, reconhecer em seus olhos a verdadeira carência de cuidados, cuidados estes que ela mesma é capaz de prestar.

Depois do suco, vá, lentamente, se recompondo. Fique constrangido pelo que aconteceu. Agradeça a ajuda de maneira desajeitada, faça o estilinho humilde, bom moço. Seguindo a linha da serenidade, pergunte sem mais a ela: "*Posso?*". Ela não vai entender a pergunta. Não diga mais nada. Apenas pegue a mão dela e beije carinhosamente. Depois, sem soltar a mão da menina, olhe nos olhos dela e agradeça de novo: "*Brigado!*". Pergunte o nome dela, diga o seu e saia andando, ainda um pouco exausto e com cara de homem frágil. Pronto. Começo melhor que esse, impossível. Vocês agora se conhecem, e de uma maneira muito peculiar. Ela presenciou seu sofrimento e te viu completamente despido de vaidades. Na próxima vez que encontrar a enfermeirinha, nem titubeie e já chegue escalando: "*Poxa, bom te ver. Valeu aquele dia. Então, só que eu quero te ver em uma situação mais... saudável, divertida. Topa uma tela?*". É isso aí, debilitado xavequeiro, convide-a na bucha para um cinema. Se rolar uma hesitação da parte dela, peça o telefone e adie esse acerto da data e da sessão. O fato é que você não é um cara qualquer pedindo o telefone. É aquele homem sensível e extremamente agradecido. Ela não tem por que recusar, oras. Ainda assim, em último caso brinque e argumente com frases do tipo "*você salvou minha vida, nada mais digno que um cinema entre o mocinho e a heroína, né?*". Amigão, pegue esse telefoninho e bom filme.

DICA DO RAMPA:

Se no meio da sua ceninha aparecer mais alguém, tudo bem, não é o ideal, mas... paciência. Mantenha sua pose de doente. Ela continua sendo a primeira que te viu naquele estado, ainda é sua enfermeira oficial.

DICA DO ISMÁ:

Estude com afinco todos os sintomas do mal-estar fictício. O intuito é você ser convincente e, em contrapartida, não exagerar muito. E não se esqueça de conduzir as ações do piteuzinho. Você é o maestro.

XAVECO NO CLUBE 2

Interpretação -
Risco -
Ousadia -

Vamos para a segunda opção de xaveco em uma gatinha do seu clube. Essa aqui, aliás, pode ser usada em qualquer ambiente do clube. Na piscina, na quadra, na pista de corrida, na lanchonete, no estacionamento, qualquer lugar mesmo. Desde que, preferencialmente, o pitéu esteja sozinho. Dirija-se a ela com um ar amigável e comece instigando sua curiosidade com a clássica abordagem: "*Oi, posso te fazer uma pergunta?*". Diga isso com um sorriso na cara, você está no clube, curtindo a vida, anime-se! E, mais que isso, mesmo que você não a conheça muito bem, ou quase nada, ou nada, trate-a como se já conhecesse, faça essa pergunta com tranqüilidade, afinal, vocês freqüentam o mesmo clube, têm esse ponto em comum. Ela deve consentir, e você emenda: "*Então... o que você acha daqui?*". Daqui onde? Do clube, lógico.

É isso, pergunte a ela o que pensa do clube. Seja lá qual for a resposta, justifique sua enquete dizendo que andou pensando sobre o porquê das pessoas irem ao clube, do que elas mais gostam nele, do que elas não gostam, banque mesmo esse filósofo de boteco em surto. Faça graça consigo mesmo, "*cê deve estar me achando um louco, né? Mas juro que fiquei pensando nisso*", e instigue-a a dar suas opiniões. Óbvio que daí pode surgir um papo sobre as condições do clube. O que ele oferece de bom, os problemas, as carências, enfim, se rolar isso, beleza, dê corda no papo. O lance é que, quando você sentir que o assunto está se esgotando, dê uma guinada no papo e lance: "*Mas me diz uma coisa... e fora do clube? O que você gosta de fazer? Sabia que agora eu fiquei curioso?...*".

Qualquer comentário dela do tipo "nossa, isso é uma entrevista", ou "mas por que você escolheu a mim?", diga apenas que achou-a uma pessoa interessante. Isso justifica tudo. Frise o termo interessante, pois é um elogio bacana e que não te compromete. E por tê-la achado interessante quando a viu, você quis saber a opinião dela sobre o clube. E por tê-la achado interessante quando conversaram, você quis saber o que ela gosta de fazer. E por tê-la achado, enfim, essa pessoa tão interessante assim, você vai pedir o telefoninho dela e, se vacilar, convidá-la ali mesmo para um programa. Deixe isso tudo bem claro, explique a ela como todo o processo foi evoluindo e como seu interesse por ela foi aumentando. Valorize-a. Explique que você é assim mesmo, que é um cara que fala o que pensa, que faz o que tem vontade. Isso explica seu eventual convite para um suco, ou para qualquer programa que lhe pareça viável. E explica também o fato de pedir o telefone dela, oras, você achou-a interessante, lembra? É isso, saia desse papo no mínimo com o telefoninho da gata em mãos, torça pra ela também ter ido com a sua cara e, no mais, curta o seu dia no clube.

DICA DO RAMPA:

Se ela disser que namora, ou algo do tipo, e que por isso não vai dar o telefone, anime-se, pois isso pode ser positivo. Quer dizer que ela realmente se sentiu xavecada, que viu você como um macho em potencial. Nesse caso, não insista e aceite. Finalize sua atuação com um elogio original e vá embora. Ela é do seu clube e você vai vê-la novamente, lembre-se disso. Próximos capítulos virão e você vai insistir futuramente nesse telefonema, ok?

DICA DO ISMÁ:

Tente ser um cara extremamente bem-humorado. Em todo o xaveco. Isso vai ajudá-lo quando você for pedir o tel, ou fazer o convite. Fica um clima mais descontraído, ou seja, mais favorável a você.

XAVECO NA ESCOLA

Interpretação - 🎭🎭
Risco - 💣💣💣
Ousadia - 🏆🏆🏆🏆

Eis um xaveco para você chegar naquela gatinha da sua escola que você vê passar e... nada. Nada acontece. Estamos falando daquela delicinha que mal sabe que você existe, e que quando cruza com você lhe tira o ar do pulmão. E seja ela uma aluna nova na escola, seja ela mais velha que você, seja uma unanimidade entre a machaiada da escola ou mesmo uma bela flor em que só você reparou, enfim, o lance é que você tem que se fazer notar. A situação aqui pede cautela, escola é fogo. Se você chega chegando e toma um cambau, o mundo inteiro tira sarro. Bem, há foras e foras, e este pode realmente não ser bem-vindo.

Portanto, vá com calma, mas vá! Entregue à menina, um dia, quando ela estiver passando, alguma coisa. Qualquer coisa, desde que não te comprometa. Não vá dar flores nem um presente embrulhado, por favor! Dê um chocolate, uma bala, uma música que você escreveu um dia, algo simples, nada material, nada de valor, **não faça disso um presente**. E entregue despretensiosamente: "*Tó, pega aí, queria te dar isso*". Nem se dê ao luxo de explicar o ato; quando ela pegar, vá embora.

O fato é que você passará a ser notado pela menina, de alguma forma, depois disso. Observe a reação dela nos dias seguintes. Ela passou a te cumprimentar? Começou a olhar mais para você? Óbvio que a reação dela pode não ser a esperada, pode ser até ruim, oras, esteja, sim, preparado para mais uma amostra da insensibilidade feminina. Mas você não vai poder ser acusado pela galera por ter dado um chiclete à menina, sua exposição foi pequena. Seu ato foi significativo, porém discreto. E, se ela começar a te dar um pouco mais de atenção, esteja com algumas cartas na manga, pois um dia você irá usá-las. São elas: "*Sempre notei você andando pela escola e nunca tinha ouvido sua voz, ela é bonita*"; ou "*Sabe por que eu te dei o chocolate aquele dia? Queria ver sua reação!*"; ou "*É estranho... a gente é da mesma escola e eu não sei nada sobre você! O que você gosta de fazer?*". É isso, amigão, em qualquer um desses exemplos, o fato é que você agora tem um assunto com a mina que antes era uma mera idealização. Busque mesmo essa aproximação mais amigável, mais tranqüila. E não se preocupe, pois a "amizade" não vai minar seus desejos, até porque sua abordagem, ainda que light, foi galanteadora.

Ela percebeu nos seus gestos, nos seus olhares para ela, para a boca, para o corpo dela, as suas reais intenções. Sabemos aqui que você não quer ser amiguinho porra nenhuma, quer é agarrar a princesinha que te acompanha em pensamento dia e noite. Cabe a você encontrar o melhor momento para um encontro íntimo entre vocês. Isso pode ocorrer numa festa, no cinema, nas imediações da escola ou dentro da própria. Leve sempre em consideração os riscos que você corre (de não conseguir o que quer, de ficar muito exposto às demais pessoas), mas, se julgar oportuno, corra-os! Pelo menos você tentou! E tá falado!

DICA DO RAMPA:

Se rolou um papo entre vocês, se a menina foi receptiva, enfim, se o peixe mordeu o anzol, não vacile e já convide-a para algum programa fora da escola. Pegue o telefone, ligue e marque a balada um outro dia, o importante é você estender esse vínculo para além dos muros de sua escola, sacou?

DICA DO ISMÁ:

E se a mina foi seca? Meu brother, se diante de você estiver uma geladeira em forma de brota, cara, não há muito o que fazer; com discrição e elegância, puxe o carro. Mas... lembre-se: ela é da sua escola. Você vai continuar cruzando com ela, novos episódios deverão acontecer, e por mais malsucedido que tenha sido seu xaveco, você definitivamente deixou de ser um zé-ninguém para aquela menina, ok?

XAVECO NA FACULDADE

Interpretação -
Risco -
Ousadia -

Este xaveco é voltado para aquela brota da sua facul que você vê passar pelos corredores e escadas, que topa com você na fila da tesouraria ou da cantina – é isso, pense nessa gatinha quando estiver lendo estas linhas. Ela não o conhece. Ela é da sua faculdade, mas não o conhece. Apenas de vista, e olhe lá. E como o contato entre vocês é limitado – vocês não são da mesma sala, não se vêem todo dia, não conversam –, a sedução, a conquista, não é a melhor maneira de você conseguir o que quer. Você não terá tempo nem oportunidades para mostrar, aos poucos, para ela, quão interessante é. Ela apenas passa por você e te presenteia, no máximo, com um olhar. A situação aqui pede uma ação mais ousada, surpreendente.

Escolha um momento absolutamente propício para a abordagem. O que seria isso? Uma hora em que ela estiver sozinha, isolada no meio do pátio da faculdade. No caso de a menina nunca ficar sozinha, tome coragem, vá até ela e diga que tem uma coisa importante para lhe dizer em particular. Nem sequer se apresente, dê um tom de seriedade à cena e chame-a de canto. Evite abordá-la num dia em que ela esteja cercada de homens, amigas são sempre mais bem-vindas.

Bem, uma vez conseguido esse particular, tome a palavra e derrame, com toda a franqueza do mundo, o seu discurso: "*Seguinte, vou ser muito sincero com você aqui, vou realmente abrir meu coração. Há dias venho te observando e você chamou minha atenção. Não porque você é bonita, até é, mas o caso é que você me passou uma coisa muito boa. Eu não sei nada da sua vida, não sei seu nome, não sei onde mora, se tem filhos, se é casada, se namora, não sei! Sei que gostaria muito, muito mesmo, de conversar com você e de ter sua companhia no cinema, eu tô doido pra ver um filme este fim de semana, vamos?*". Sim, fale tudo numa tacada só. O intuito aqui é deixá-la boquiaberta.

E você deve manter essa postura decidida, segura, seja lá qual for a resposta dela. Se ela disser "mas, calma, a gente nem se conhece", responda "*não importa, confie em mim, vamos ver esse filme?*". Se ela disser "mas eu tenho namorado", responda "*não importa, confie em mim, vamos ver esse filme?*". Se ela disser "meu, você é meio louco, né?", responda "*não importa, confie em mim, vamos ver esse filme?*". Claro que uma conversa mais normal pode pintar daí, vocês podem e devem trocar informações básicas (como o nome), e não seria nada mau já iniciar um papo sobre cinema repercutindo sobre qual filme irão assistir. Entretanto, tome cuidado para não normalizar demais o papo e perder aquele status de "louco que diz o que sente" que você conquistou. Se a resposta foi positiva, não se acanhe em demonstrar seu contentamento e encerrar a conversa. Volte à sua aula e saiba que, independentemente de você ter sido ou não aprovado, sua atitude foi digna e alguma admiração essa mulher vai nutrir por você a partir de então.

DICA DO RAMPA:

Caso ela hesite em topar o cinema, em lhe dar o telefone, e justifique a hesitação por meio do "mas eu nem te conheço", concorde. Concorde e mostre a ela quanto isso pode ser interessante. No mais, ela tem referências suas suficientes (vocês estão na mesma faculdade) para entender que você não vai seqüestrá-la. Tranqüilize-a e marque esse cinema.

DICA DO ISMÁ:

Rapaz, você está xavecando uma moça universitária. Ela não é uma criança, portanto, não seja você um moleque. Olhe no olho e diga o que deve ser dito, ok?

XAVECO EM FESTINHAS

Interpretação -
Risco -
Ousadia -

Eis aqui o único tema, o único espaço que está rigorosamente presente em duas partes do seu Manual. Há também, no livro, xavecos para a escola e para a faculdade (Parte 2) e xavecos na sala de aula (Parte 3) – nesse caso, ainda que as situações sejam parecidas, os ambientes são distintos. Uma coisa é a mina que estuda no mesmo colégio, outra coisa é a mina da sua sala. Mas aqui não. A "festinha" a que nos referimos aqui é a mesma da Parte 1, em que há duas opções de xavecos.

A diferença é óbvia: lá é para uma desconhecida, aqui não. E em "festinhas", isso é muito comum: mulheres absolutamente desconhecidas para você e mulheres de cuja procedência você tem, sim, uma vaga idéia. Vamos então ao xaveco para aquela gatinha, amiga da sua amiga, irmã do cunhado do seu primo, enfim, vamos xavecar aquela delicinha que você, aleluia!, viu de novo.

O xaveco é simples e óbvio, mas se feito com maestria pode e deve funcionar. Vá até a moça (no momento que julgar mais propício) e puxe papo. Você a conhece, tem liberdade para isso, não se reprima.

Pois bem, feito isso, faça as perguntas triviais ("*e aí, o que tem feito?*", "*onde você mora mesmo?*", "*ah... legal...*") e, subitamente, no meio do papo, faça um convite! "*Você viu esse filme do Spike Lee que acabou de estrear? Não? Vamos combinar?*". Pronto. Você já fez a merda. Agora, amigão, ou ela aceita, ou não. Se aceitar, se a resposta for positiva, não vacile e pegue no mesmo instante o telefone dela. Se não houver caneta por perto, vá atrás de uma. A hora é essa, não deixe pra depois. Mas caso a resposta venha toda enrolada, cheia de obstáculos, vale uma insistida sua. Insistida moderada, evidentemente. Levar o fora tudo bem, mas bancar o mala não dá.

O bom é que caso você obtenha esse precioso telefoninho, bem, além do precioso telefoninho você já vai ter uma ponta praticamente marcada com a mulher. Após o possível sucesso nesse ousado convite (sim, não parece, mas o convite foi ousado), perceba se o melhor é bater em retirada, afinal, a batalha já foi ganha, ou se vale a pena prolongar o papo. Como está o envolvimento dela com você? Ela está sorridente, à vontade? Ela faz perguntas sobre você e sua vida? É nítido que há nela também um interesse? Se essas sensações forem extremamente positivas, prossiga em sua sedução, invista nesse bate-papo e cogite, inclusive, beijar a mina nesse mesmo dia. Mas se seu bom senso pedir prudência, lembre-se do programa pré-marcado, deixe-a ir e guarde suas energias para mais tarde.

DICA DO RAMPA:

O filme do Spike Lee, claro, foi um exemplo. Esse convite pode ser também para um show, uma peça de teatro, um espetáculo de dança. Veja o que você julgar mais apropriado, mas dê preferência para algo em que as chances de ela já ter assistido diminuam.

DICA DO ISMÁ:

Pois é, e se ela já viu? E se mesmo com todo o seu esforço em ser original ela disser "putz, eu já assisti, é muito bom!". Nesse caso, encoraje-se e diga: "*Sério? Eu ia te convidar pra ver... que pena. Mas, na boa, vamos marcar de ver outra coisa, então?*".

XAVECO NA VIZINHANÇA 1

Interpretação - 
Risco - 
Ousadia - 

Esse é pra quem mora em apartamento. Bem, você sabe que sempre tem aquela gostosa que, vira e mexe, topa com você no elevador quando cê tá saindo ou chegando em casa. Aquela menina, ou mulher, que te intimida, mas te causa um frisson como nenhuma outra do prédio. Você cumprimenta, com educação e tal, mas agarrar que é bom... Nada. Fica só no desejo, só na imaginação, nada além.

O que fazer? Há uma investida tranqüila, que vai exigir de você um certo esforcinho, mas que pode ser um excelente começo para os seus objetivos. A coisa toda consiste em presentear a brota com duas entradas para um cinema.

Pergunta: as entradas serão para você e para ela? **Não**. Ela mora no seu prédio, tomar um fora ali não seria nada conveniente. Você dirá que as ganhou de um amigo, mas que já viu o filme na pré-estréia. (Note, você é um cara descolado, que vê filmes em pré-estréias, ela não sabia isso de você.) Continue explicando que você ficou sem jeito de dizer isso ao seu amigo, e por isso ficou com as entradas. Dê os ingressos a ela, coloque-os na mão dela, seja enfático nesse início.

Depois, sugira-lhe que vá com a mãe ou com a irmã, você pode ganhar pontos, não só com a gatinha, mas com a casa dela. Ela pode ter namorado e você não sabe, assim, sugerindo que ela vá ao cinema com a mãe, você já botou um pouco as garras de fora. Seja esperto, malicioso, mas acima de tudo cordial. A moça ficará surpresa e certamente agradecida. Você pensou nela, podia ter dado os ingressos para qualquer pessoa, mas deu a ela. Saiba que quase todos os cinemas vendem entradas antecipadas, mas fique atento para não perder a data, presenteie-a com certa antecedência.

Depois desse dia ela não só vai te dar mais atenção no próximo encontro fortuito, como, e não se esqueça disso, você terá um assunto pendente com ela. Ela foi ver o filme? Com quem? O que achou? Não é preciso dizer que o cinema passará a exercer um papel importante em suas conversas e, oras, nada mais natural que brote daí um futuro convite para ela acompanhá-lo num filme. Prepare-se!

DICA DO RAMPA:

É importante que você assista ao filme, óbvio. Caso ela já tenha visto, pode perguntar o que você achou de tal cena, e por aí vai. Tome esse cuidado, mas de preferência escolha um filme recente, que tenha acabado de estrear, você minimiza os riscos e as chances de ela já ter assistido.

DICA DO ISMÁ:

Se ela realmente já viu o filme ou não puder ir vê-lo, bem, você volta à estaca zero. Mas há uma saída ousada para você. Sorria, faça um charme e pergunte que dia ela pode ir ao cinema, ou que filme ela não assistiu. Veja, nessa situação você vai estar praticamente convidando a moça, se declarando, então, analise bem se é isso mesmo que você quer. Você pode também apenas lamentar, ficar na sua, mas insista para que ela fique com os ingressos, sugerindo que presenteie umas amigas (nunca amigos), ou mesmo familiares. Ficar, você, com os ingressos na mão é um mico impagável; em último caso, coma-os.

XAVECO NA VIZINHANÇA 2

Interpretação -
Risco -
Ousadia -

Taí um xaveco praquela vizinha deliciosa que faz você tropeçar na calçada quando cruza com ela. E o seu primeiro passo é sacar a menina, descobrir onde ela estuda, que cursos faz, o que faz. Mas como? Bem, nessa investigação, o porteiro do seu prédio ou mesmo o guardinha da rua podem ser ótimos informantes.

Prepare-se, pois agora entra em ação o seu lado Sherlock Holmes. Isso não será fácil, e tome cuidado para não se expor demais. O próprio guardinha pode estranhar as perguntas, sinta o terreno. E, assim que você tiver qualquer informação sobre a vida dela, o seu segundo passo já estará viabilizado. Espere o próximo encontro casual e, descaradamente, dirija-se a ela e peça alguma recomendação.

Por exemplo, se ela é estudante de direito, diga que quer saber mais sobre direitos dos consumidores. Não invente um crime hediondo na família, nada disso. Quanto mais banal e cotidiana a dúvida, mais crível ela será. E não alugue a moça nessa primeira apresentação, o ideal aqui é ser prático. Vá ao ponto e peça que ela te indique um bom livro sobre o assunto. Mostre interesse, não por ela, mas **pelo que ela faz**. A partir daí, das duas, uma: ou ela vai de cara te indicar o tal livro ou vai dizer que não se lembra (nesse caso, peça o telefone para ligar depois e saber a resposta).

No caso da indicação, anote, agradeça discretamente e suma por uns tempos. Óbvio, dê uma olhada no livro, veja ao menos do que se trata, qualquer folheada numa livraria já ajuda – você não precisa comprar o livro, logicamente. Procure a vizinha para comentar como a dica foi útil e como ajudou na resolução do seu drama. E atenção, pois é chegada a hora da cartada final. Como agradecimento, comente que está estreando uma peça, ou um filme muito interessante, e convide-a. Simplesmente convide-a. Mas diga que faz questão de fazer esse programa com ela, sublinhando que esse encontro simboliza um agradecimento, e nada mais.

Se for o caso, use mesmo estas palavras, em tom de humor: "*Olha, juro que é um convite de agradecimento, nem sei se você namora, se é casada, mas isso nem importa aqui, só quero mesmo agradecer, vamos?*". Se ela topar, vá em frente, marque o dia, a hora, e vamo que vamo! Mas, se ela vacilar, não insista, agradeça novamente e segure a onda. Você vai encontrá-la de novo, e vocês já estarão mais próximos, tenha calma. Nesse caso, vá se aproximando mais, e, aos poucos, puxando papos cada vez mais íntimos; teste os limites dela. Note que esse é um xaveco em longo prazo, você deve ser paciente, tranqüilo. Quando você sentir que ela está mais à vontade, repita o convite, e, se ela vacilar de novo, aí vale uma insistida mais intensa, afinal vocês já se conhecem um pouco mais.

DICA DO RAMPA:

Vou facilitar tua vida... E se a sua investigação sobre a vida dela não deu em nada? Nesse caso, apele. Chegue nela, num dia inspirado, e pergunte com certa convicção: "*Oi, você estuda artes plásticas, não estuda?*". Provavelmente ela dirá que não, claro, você inventou essa pergunta, e então justifique dizendo "*é que eu tô a fim de ler uma boa biografia do Salvador Dalí... viajei, pensei que você estudasse isso...*". A partir daí, o resto fica como antes; dias depois, faça o convite, alegando a simpatia dela como moeda de troca para a sua gentileza.

DICA DO ISMÁ:

Caso ela não tope o primeiro convite, seja perspicaz nos próximos encontros casuais entre vocês. Você é um cara que, sempre que a vê, está indo ou voltando de um programa interessantíssimo. Seja criativo e construa esse status.

PARTE 3

Xavecos em Mulheres Que Você Conhece

Esse é um cenário curiosamente perigoso para você. Veja: a brota é da sua sala de aula, do mesmo setor de seu trabalho, enfim, você a vê todos os dias. Isso, ao mesmo tempo em que o evidencia – você tem aí sucessivas chances de chamar positivamente a atenção da mulher –, acarreta também a dissolução do fator surpresa, afinal, ela o vê diariamente. Você não é novidade para ela. Mas nem por isso você deve chutar o pau da barraca. A situação, mais que em qualquer outra, exige cautela. Vemos aqui, inicialmente, quase que uma transferência do elemento "xaveco" para o elemento "conquista". É importante, nesses casos, acima de tudo, você ter pleno conhecimento do seu desejo. Você quer só agarrá-la porque é a mais gostosinha da sala? Quer ter o prazer de levar pra cama a mulher mais desejada do seu trampo? Quer namorar? Casar? Ter filhos? Ou só ter um caso? Avalie por onde envereda seu desejo, seja sincero com ele, pois isso o conduzirá à melhor estratégia. E mesmo para essas delicadas situações, há, sim, alguns xavecos que podem encurtar o lapso temporal que separa a sua boca da dela. Boa sorte!

XAVECO EM AMIGA DE AMIGO(A) 1

Interpretação -	
Risco -	
Ousadia -	

Quem nunca ficou vidrado numa amiguinha de um brother? Ou vai me dizer que você não tem uma amiga com amiguinhas deliciosas? O caso é que, mesmo que seu contato com essa menina (a tal em que você gamou) seja pequeno, superficial, ela é amiga de uma amiga sua. Ou de um amigo seu. O link, as referências que um tem do outro são muito fortes e reais. De uma forma ou de outra ela é uma mulher que você conhece bem, pois o elo entre vocês é essa grande amizade que têm em comum. E o negócio aqui é abrir o jogo para o seu amigo. Jogar limpo com ele é bom, e até necessário. Caso ele, o seu amigo, sinta alguma atração pela gatinha também, é justo que você saiba disso e que ele saiba do seu interesse pela amiguinha dele.

No caso de ser uma amiga de amiga, vamos cogitar que ela fique enciumada ou coisa do tipo, bem, ela é sua amiga e é igualmente justo que saiba de seu interesse pela amiga dela. Enfim, colocar as cartas na mesa e jogar limpo é a melhor maneira de preservar a sua amizade e conseguir o que você quer, ou seja, agarrar a bela amiguinha de seu amigo.

Uma vez conquistado esse poderoso aliado você deve, juntamente com seu amigo, ou amiga, traçar alguns planos. Primeiramente, coisas boas a seu respeito deverão ser ditas à tal menina. Se o elo for uma amiga, vale dizer o quanto ela te acha bonito, interessante, coisas do tipo "não sei como ele tá solteiro!". Faça-a contar à amiga algo legal sobre você, despertando a curiosidade da menina.

E, se esse elo entre você e a gatinha for um brother, um amigo, as instruções são quase as mesmas. Ele pode dizer quão bom amigo você é, compreensivo, inteligente, e florear a história com frases como "a mulherada paga mó pau pra ele"; o cara deve instigá-la a te querer, sem ser, necessariamente, direto. Resumindo, conte com o seu amigo ou amiga para que a sua imagem junto a essa menina seja construída da melhor maneira. E é óbvio que, nas vezes em que todos se encontrarem, você deve ser um cara legal, simpático e interessante para a gatinha. Mas essa "armaçãozinha" que você e seu amigo encenaram deve ter um ápice, um desfecho. Certa vez, seu brother, ou sua amiga, comentam com a amiga deles que você tanto deseja algo como "Ô, sabia que o *fulano* perguntou de você?". Ou coisa que o valha, o fato é que a semente começou a ser devidamente regada aí. A partir dessa informação, já fica claro para a gatinha que há um interesse seu por ela. Ok, foi o amigo que vocês têm em comum que transmitiu esse fato, mas isso passou a ser um fato, indiscutivelmente. A partir daí, uma loucura sua qualquer se justifica. Por exemplo, pegue o número da gatinha com seu amigo e ligue para ela convidando-a para ver um filme. Ela vai entender esse convite e seu significado, dadas as recentes informações obtidas com o amigo. Se topar, topou. Se não topar, você tentou. Ligue.

DICA DO RAMPA:

Fique atento à dependência que você tem nesse xaveco. Praticamente não é você que xaveca a mina, e sim seu amigo. Ou seja, o sucesso de tudo pode depender muito mais do desempenho dele junto à amiguinha do que propriamente de você. Certifique-se de que há um real empenho e competência nessas ações. Tudo bem, é seu amigo, não precisa desconfiar, mas o interesse é mais seu que dele, fique esperto.

DICA DO ISMÁ:

Cuidado! Às vezes a propaganda excessiva pode gerar desconfiança e prejudicar você. Certifique-se de que a coisa toda aconteça homeopaticamente.

XAVECO EM AMIGA DE AMIGO(A) 2

Interpretação - 🎭🎭
Risco - 💣💣💣
Ousadia - 🏆🏆🏆

Bom, mesmo nessa segunda opção, não podemos ignorar o fato de que, entre você e a gatinha, há um amigo em comum. Tudo bem, nesse caso seremos até mais ousados, mas não tem como fingir que esse amigo não existe, ou seja, ele será essencial em sua investida. A recomendação dada no xaveco anterior, para que você jogue limpo com seu amigo, ou amiga, continua. Preserve, acima de tudo, sua amizade.

Abra seu coração e revele ao seu amigo seu desejo em beijar a boca da amiguinha dele. Desculpe-nos pela intransigência, mas isso chega a ser quase uma ordem. Não coloque sua amizade em risco, já ouvimos alguns depoimentos sobre amizades que foram abaladas por falta de comunicação de alguma das partes no desejo por terceiros.

Entendido isso, e, mais que tudo, conquistado esse importante aliado, escreva um bilhetinho e mande, via amigo, para a gatinha. Sim, é isso, um bilhetinho. Seu brother, ou sua querida amiga, vai, deliberadamente, entregar um bilhete seu para a amiga dele(a) que você tanto quer. Nesse processo há dois pontos fundamentais para o sucesso do xaveco: o bilhete e a entrega. Vamos entender primeiramente o bilhete. Como é esse bilhete? Que tamanho ele tem? Será escrito à mão ou no computador? Em papel bonito ou num guardanapo? Ele será mais galanteador ou mais cafa? Pois bem, tudo isso será decidido entre você e, sobretudo, entre o seu amigo. Pois é ele que conhece bem a gatinha que você quer. Qual o naipe da mina?

De repente, se a mulher for toda descolada e tal, é melhor você mandar um recadinho num guardanapo, sob o pretexto de que o bilhete foi escrito no meio da balada, com você chapado e tudo. Ou, se ela for mais romântica, mais calma, requintada, você pode até mandar uma carta. Desde que totalmente revisada pelo seu amigo – lembre-se, é ele quem conhece tudo da mina, sabe apontar onde você pode perder e ganhar pontos. Enfim, escrevam juntos essas palavras; o endereço e o objetivo você sabe bem quais são, certo? Ok, vamos falar agora do segundo momento decisivo nesse xaveco, o momento da entrega desse bilhete. Seja lá qual for o formato dele (um versinho, um poema ou uma dissertação), seja lá qual for o conteúdo dele (um convite, um agrado, um enigma), seu amigo, ou amiga, deve entregá-lo à menina sob os holofotes do bom humor. Deve haver um clima de total descontração. Seu nome é anunciado, o bilhete (ou carta) é anunciado, tudo na melhor vibe possível. É importante soar um pouco engraçado, para não ficar piegas. O bilhete deve denotar uma ousadia sua, e não uma covardia em se esconder atrás das palavras. Para isso, o bom humor de seu amigo é fundamental. A coisa tem que ter um ar de "descolada", de inventiva. Entenda bem isso, pois é você quem vai passar essas instruções ao seu amigo. Feita a entrega, bem, a declaração está dita. Por mais comedido que tenha sido seu bilhetinho, ele existiu.

A partir daí, por exemplo, justifica-se um telefonema seu propondo um encontro. Novamente deparamos aqui com uma total dependência do AMIGO para que o xaveco dê certo. Paciência, não há como fugir disso, oriente-o bem e torça pra brota ir com a sua cara!

DICA DO RAMPA:

Uma dica para o conteúdo do seu bilhete é: *Como eu não te vejo muito, resolvi mandar esse bilhetinho. Aliás, como eu não te vejo muito... vamos nos ver? Vou te ligar, ok?* Veja depois com o seu amigo como foi a reação dela ao lê-lo e, se foi positiva, ligue!

DICA DO ISMÁ:

Outra dica para esse bilhete é: *É verdade que você gosta de ....?*. Óbvio que essa lacuna deve ser preenchida com alguma coisa que seu amigo tenha **certeza** de que a amiga dele **ama**! Essa coisa pode ser "teatro", "melancia" ou o "Programa Silvio Santos". Enfim, lembre-se de que seu amigo deve fazer da cena um lance muito engraçado. O passo seguinte a esse bilhete é o seu telefonema para ela, dizendo que você também adora teatro, melancia ou o Programa Silvio Santos e, enfim, vocês já têm um assunto em comum. Descubra as demais afinidades e convide a brota para um passeio na feira atrás de uma suculenta melancia rosada.

XAVECO NO CURSO 1

Interpretação -
Risco -
Ousadia -

Rapaziada que faz inglês, teatro, música, dança, artesanato, qualquer tipo de curso, essa é pra vocês. Aquela coisinha que você só vê uma, ou algumas vezes por semana, que te deixa mais inquieto nos dias que antecedem o momento de revê-la, pois bem, essa florzinha pode ser sua. E você, sem saber, já tem um ponto a seu favor, que é o curso em si. Vocês fazem a mesma coisa juntos. Vocês gostam do mesmo tema. Têm, nesse caso, o mesmo desejo ou necessidade. Isso será explorado oportunamente. Por hora, é quase desnecessário dizer, de tão óbvio que é, mas será dito, que **qualquer** informação que você venha a obter sobre ela é absolutamente bem-vinda, assim como a criação de vínculos interessantes, mesmo que aparentemente bobos, entre vocês. Exemplos de informações: se ela namora; qual meio de transporte a leva e traz ao curso; outras coisas de que ela gosta ou estuda; se viaja muito ou costuma ficar por aí nos fins de semana. Exemplos de vínculos: empreste algum CD ou livro seu para ela; disponha-se a ajudá-la em alguma eventual dificuldade relativa ao curso; comente um dia sobre uma sandália ou blusinha que ela estiver usando (sempre que ela aparecer com a tal blusinha, o comentário reincidirá); e por aí vai. Resumindo, prepare o terreno, adequadamente, para que suas chances sejam maiores quando você resolver ir pras cabeças. E esse dia não tardará. Quando se sentir à vontade, ou quando você simplesmente não estiver agüentando mais (nenhuma tortura é saudável), convide a gatinha, a musa do seu curso de sei-lá-o-quê, para sair. Como? Sair, assim, simplesmente? Não! É evidente que esse convite virá na esteira de tudo o que você já conquistou. Será naquele feriado que você já sabe que ela não viajará; será para aquela peça, filme ou show que você já sabe que ela quer ver; será para alguma coisa que vocês tenham em comum, ou seja, de preferência, ligada ao curso. No caso de um curso de artes (música, teatro, pintura, redação), o convite fica mais fácil, o pretexto fica mais evidente. Mas se você faz um curso de línguas ou um curso mais técnico, vale a proposta de vocês se "desestressarem". Procure fazer esse convite em um momento em que vocês estiverem a sós. Isso, além de preservá-lo, vai deixar a menina mais à vontade para aceitar. Ela não se sentirá vigiada. Se sua relação com a gatinha antes disso já rendeu trocas de telefone, não hesite em formalizar esse convite pelo tel. Pode funcionar, sim. Seguindo esses passos, suas chances de ganhar um encontro com o pitéu que você tanto idealiza são reais e, caso role mesmo essa baladinha entre vocês, perdoe a franqueza, mas a hora de agarrar é essa, o beijo tem que rolar aí. Se ela vacilar, negar a bitoca, insista: "*Poxa, a gente já compartilhou tanta coisa, são tantas as afinidades, acho que um beijo entre a gente, agora, ia ser no mínimo interessante, tem tudo a ver*". Boa sorte!

DICA DO RAMPA:

Se você decidiu fazer o convite pelo tel, seja, ao menos nesse dia, absolutamente objetivo. Converse pouco. Surpreenda-a, marque a ponta e desligue o telefone. A objetividade, nesse momento, além de funcional, vai dar indícios de suas intenções.

DICA DO ISMÁ:

Durante aquele período de conhecimento, de conquista, que antecede o convite, se houver espaço, presenteie a moça. Não vá dar flores nem roupa, pelo amor! Mas alguma coisa ligada ao curso. Se a aula é de desenho ou artesanato, produza algo e dê a ela despretensiosamente. Faça-o na medida certa, não vá mimar nem melar a menina. Um presentinho pode pegar muito bem.

XAVECO NO CURSO 2

Interpretação -
Risco -
Ousadia -

Então, vamos lá, essa opção é recomendada pra você usar de preferência no começo do seu curso. Ou seja, se quiser lançar mão do Xaveco no Curso 2, trate de se apaixonar logo, malandro. A parada é a seguinte: num belo dia você vai chegar atrasado na aula. De propósito, que seja, mas chegue atrasado. E não estamos falando aqui de cinco ou dez minutos, mas de um atraso digno de um filho temporão. Seja, nesse dia, o Rubinho Barrichello do curso. Chegue na metade da aula. Obviamente, peça desculpas ao professor, faça aquela cara de quem acabou de enfrentar um leão e busque seu lugar na sala. Ótimo. Espere então a aula acabar, mas esteja atento: você vai falar com ela, a tal delicinha que o fez vir até esta página do seu Manual e ler esse xaveco. Sim, é isso, terminada a aula, grude nela e diga: *"Oi. Tudo bem? Então, cheguei atrasadaço na aula, perdi mais da metade do que foi dado, enfim, me dá uma mão? Teve alguma coisa importante que eu deveria saber?"*. É isso. Faça esse discurso e espere pela resposta. Algumas perguntas vão ficar subentendidas – ainda que elas não sejam feitas. Por exemplo, "por que esse cara veio pedir isso a mim e não a outra pessoa?", ou "por que ele não foi perguntar isso ao professor?". Pois bem, a resposta, também subentendida, é: porque você quer beijar aquela boca. Não despreze a subliminalidade desse xaveco, meu caro. Tanta gente pra você perguntar isso e você foi justo nela? É. Justo nela. Algumas coisas durante essa meia aula que você vai assistir nesse dia podem atrapalhar bem seu xaveco. E se o professor, quando você entrar na sala, resolver fazer uma rápida revisão por conta do seu atraso, ou orientá-lo sobre o que foi perdido e como você pode recuperar? Se isso acontecer, tudo bem, não se afobe, chegue na menina ao final da aula com um discurso apenas um pouco diferente: *"Oi, tudo bem? O professor já disse o que eu perdi, mas... não entendi bem, você estava no comecinho da aula?"*. Pronto. Brother, o importante é você perceber que o lance aqui é chegar na menina, fazer esse contato com uma princesa que você mal conhece. E aí, nas aulas seguintes, ao lado de quem você vai se sentar, quem você vai cumprimentar, a quem vai oferecer chiclete, bala, contar o fato engraçado do seu dia, a quem você vai fazer mais e novas perguntas sobre a aula? A ela, claro. Está estabelecido o contato. Busque essa aproximação, fique amiguinho, sim, a sua hora vai chegar. E só você para saber que hora é essa. Mas saiba que, quando vocês estiverem já minimamente à vontade um com o outro, um passo deve ser dado. Faça então um convite a essa pequena. Um convite, de preferência, para depois da aula. Um café, um suco, um cinema, na esteira do curso, vocês já estão juntos mesmo, está fácil, é só sair. Se ela não aceitar – provavelmente vai dizer que não pode por algum motivo –, não insista muito. Tudo bem. Na semana seguinte você pode lançar um "e hoje, não vai negar de novo, né?". Cara, vença-a pelo cansaço, se for o caso. E se rolar esse encontro, bom, aí é a hora de chutar o pau da barraca. Serão só vocês dois, fora do ambiente quadrado de uma sala de aula, dê o xeque-mate.

DICA DO RAMPA:

Veja, chutar o pau da barraca não é necessariamente tentar o beijo, hein? De repente, abrir seu coração e dizer como você está feliz de poder estar com ela num ambiente mais tranqüilo pode já ser um salto. Analise a situação, busque o seu limite e vá nele.

DICA DO ISMÁ:

E se ela for embora antes do fim da aula nesse dia? Aí, malandro, bau, bau. Perdeu metade da aula à toa, e prepare-se para chegar atrasado de novo lá na frente, fazer o quê, né?

XAVECO NO CURSO 3

Interpretação -
Risco -
Ousadia -

Mais um xavequito para ser aplicado na sala de aula de seu curso. E vamos agora para uma ação mais direta, mais rápida e conclusiva. É óbvio que, tomando essa postura, usando esse xaveco que lhe será apresentado, você ganha em tempo, se desgasta menos, mas perde em segurança e talvez até em eficácia. Entretanto, é justo que seu Manual lhe dê essa opção caso você não esteja com saco pra ficar embromando, seduzindo, conquistando a menina. Seguinte. Um belo dia, na sala de aula, você se senta ao lado do pitéu que tanto admira, entrega-lhe um pedacinho de papel e diz, com a maior naturalidade possível: "*Me liga!*".

É lógico que nesse papelote vai constar seu número de telefone. Pronto. É isso. O xaveco é esse. O segredo dele – e que pode fazê-lo dar certo – está na sua naturalidade. Dessa forma, qualquer que seja a reação dela, você deve agir normalmente. Se ela perguntar "te ligar, pra quê?", aja com tranqüilidade, coerência e sinceridade. Não é difícil. Qual seria a resposta mais óbvia e verdadeira possível que você poderia dar? "*Porque eu quero falar com você, com calma, fora desse ambiente de sala de aula. Me liga. De noite você me acha em casa*". É isso. Sem drama, sem muita explicação.

Quanto mais natural tudo parecer, maiores as chances de ela realmente ligar. Ela se sentirá mais à vontade e menos insegura. E deverá estar curiosa também – o que o obrigará a adotar uma postura de personalidade caso ela realmente ligue. O *Manual do Xavequeiro* lhe dá instruções para o seu procedimento ao telefone (pág. 166), mas, mesmo assim, já adiantamos aqui que, nesse caso específico, se ela telefonar para sua casa, não terá cabimento você não ter nada de útil pra dizer a essa menina.

Você deve justificar seu ato na sala de aula com algo realmente interessante. Mas atenção, não precisa inventar muito, não; você pode, por exemplo, convidá-la para sair, simplesmente. Já é algo inusitado. "*Então, pedi pra você me ligar porque queria te chamar pra ver um filme, fazer alguma coisa, sei lá. E, francamente, na sala de aula não tinha clima pra isso*". Taí, resolvido. Explicado. Dito. Se ela vai aceitar ou não, são outros quinhentos. O que não pode acontecer é você ficar batendo papo no telefone e não chegar a lugar algum. Você até pode aproveitar esse telefonema para uma conversa mais longa. Fale de coisas que vocês nunca falaram no curso, conheçam um ao outro verdadeiramente. Mas tenha o objetivo do encontro em mente, não perca essa oportunidade. Manter a linha de "cara tranqüilo" que você impôs na entrega do papelzinho pode ser uma boa. Faça tudo parecer a coisa mais normal do mundo. O telefonema, seu convite pra sair, tudo. E respeite qualquer reação que vier da parte dela.

No caso de uma recusa, não insista. Vocês se vêem toda semana, outras oportunidades surgirão. Aproveite para pegar o número dela quando forem desligar e mantenha a calma. A verdade é que você foi um cara decidido e fez o que mais queria fazer: xavecar a tal mina! É isso aí.

DICA DO RAMPA:

Entregue o seu telefone para ela preferencialmente numa hora em que a aula não esteja a mil. Pode ser um pouco antes de a aula começar, ou em algum intervalinho.

DICA DO ISMÁ:

E se ela não ligar? Bom, lembre-se de que você terá essa pendência com a gatinha. Não na aula seguinte, mas duas aulas depois, você pode cobrá-la: "*E aí? Tô esperando o telefonema...*", sempre mantendo a já sabida **naturalidade**, hein?

XAVECO NA SALA DE AULA 1

Interpretação -
Risco -
Ousadia -

Nesse xaveco vamos sonhar alto, afinal, toda sala de aula tem a "mais gata" da classe. Essa é uma verdade que o acompanha desde os cinco anos de idade, sejamos francos. Há sempre a unanimidade, aquela que faz até o professor mais gagá babar, e que não necessariamente é a de sua preferência, isso também é lá uma verdade. Mas, se existir em você um desejo de ter essa mulher, de provar a Miss Sala, mesmo sendo ela uma pessoa distante, que não conversa tanto com você, use o seguinte xaveco: chegue nela, num momento apropriado, em que ela esteja só, tranqüila, e aborde-a de maneira curiosa, dizendo "*eu vou te fazer uma pergunta!*". Ela provavelmente o escutará, e você diz: "*Éééé... você sabe, não sabe?*". A pergunta foi vaga, ela ficará curiosa e provavelmente dirá "sei o quê?".

Veja, é importante você estar solto nesse diálogo, sua abordagem foi diferente das eventuais conversas que vocês costumam ter, seja irônico, sarcástico, e então diga: "*Você sabe que é a mina mais gostosa da sala, que neguinho paga um puta pau mesmo, que é de fato uma mulher que destoa aqui, não é? Sabe, não sabe?*". Ponto pra você. Inevitavelmente você surpreendeu a mina, foi descolado, até meio cafa, mas acima de tudo a elogiou. Nas entrelinhas você a comparou com as demais mulheres da sala, elegeu-a como a *número 1* e ainda revelou que esse veredicto é unânime. Isso aguçou a vaidade dela, foi gostoso de ouvir, claro, mas também pode deixá-la orgulhosa, inflada, metida.

E é aí que você entra. Quando ela começar a responder à sua pergunta, provavelmente meio sem graça, enfim, quando ela iniciar a resposta ao que você disse, interrompa-a e diga: "*Nã, nã, não... veja... você é, sim, a Miss Sala e sabe disso! Agora eu tô afirmando... Foi aí que eu pensei: como será essa mulher no dia-dia? O que ela gosta de fazer? O que a faz rir? Enfim, pensei nessas coisas e decidi que iria falar com você. E quero te fazer um convite: vamos sair?*". É isso. Mostre-se um cara absolutamente decidido. Absolutamente convicto do que está dizendo. Jogue com essa coisa da beldade que no fundo é um ser humano comum – quais são as carências dela, quais são seus desejos mais bobos, coisas assim. Mas seja curto e grosso. Você julgou a menina, elogiou-a, definiu-a, questionou-a e depois a chamou pra sair. Colocou-a à prova. Muito provavelmente ela nunca recebeu um convite de maneira tão escancarada assim. Ao mesmo tempo, não foi um convite de um cara gamado, e sim de um homem curioso com o comportamento humano. Essa é uma abordagem ousada, mas que não o compromete tanto. Caso ela não tope, você não foi babão, não se declarou apaixonado, apenas teve curiosidade e foi sincero. Você foi original, sem grandes exposições.

DICA DO RAMPA:

Em suas falas, esteja atento às pausas indicadas pelas reticências (...). Elas são importantes e dão um ar analítico e misterioso para o que você diz. Não vomite o discurso, fale-o pausadamente.

DICA DO ISMÁ:

Quando você fizer o convite, se ela responder algo como "claro, vamos marcar um dia, sim", seja duro e vete essa resposta. "*Não, um dia, não. Vamos marcar agora! Quando você pode? Quais são seus horários?*". Mantenha-se decidido, não a deixe escapar por entre os dedos. Se ela não tiver competência para marcar uma saída com você, é uma mulher imatura, você pode até deixar isso claro.

XAVECO NA SALA DE AULA 2

Interpretação -
Risco -
Ousadia -

Vamos trabalhar agora com aquele caso mais raro, mas não impossível de acontecer numa sala de aula: sua professora é uma brota e você está apaixonado. Quer porque quer beijar aquela boca, apertar aquela mulher que ostenta tanta autoridade à frente de uma classe inteira. A missão não é impossível, mas a tarefa será árdua. Se você não quer correr grandes riscos, terá que ter paciência para desenvolver sua tática. E essa estratégia pode funcionar.

Comece tentando se interessar verdadeiramente pela matéria, faça questionamentos inteligentes durante a aula. Mostre-se interessado, faça-se notar. Fuce na internet ou em enciclopédias antigas alguma questão que ela provavelmente não saberá responder de pronto, crie vínculos entre vocês. Vez ou outra tire dúvidas no final da aula – quando bater o sinal só ficarão vocês na sala, conversando. Busque, na matéria, algumas semelhanças, analogias, com sua vida pessoal. Se você encontrar alguma, poderá fazer da professorinha uma psicóloga, pedindo conselhos e revelando-se um cara sensível. Confie nela, abra seu coração, mas sempre conservando sua sensatez; não esqueça, ela, acima de tudo, é sua professora.

A tendência é a sua prof-brota confiar em você, e isso ficará evidente quando ela comentar algo mais pessoal, ou quando meter o pau na instituição de ensino ou em algum outro professor. Com essa relação instituída, será natural vocês irem tomar um suco ou cafezinho na cantina. Mas, cuidado, não grude! Não aja como um professor. Você não é. Continue jogando truco ou futebol com seus amigos nos intervalos, e de vez em quando vá à aula mais desleixado.

Pega bem faltar na aula dela um dia depois de um bom papo. Deixe-a sentir sua falta. Uma hora, quem sabe, emende duas faltas seguidas. Se ela perguntar por que você faltou, invente uma viagem legal de trabalho, ou um evento interessante, mostre-se um cara descolado, faça-a admirar seu estilo de vida. Se tudo isso correr bem – e já deve estar claro pra você que seu trabalho não será fácil –, você estará pronto para o bote. Em uma de suas conversas no final de aula, em que vocês estiverem sozinhos, engate subitamente: "*Ia ser no mínimo interessante a gente bater um papo fora daqui um dia desses, né? Sabe que eu nunca bebi uma cerveja com uma professora?*". Espere a reação dela e, no caso de uma negativa, moderadamente, insista: "*Ué? Qual o problema? Ia ser legal conhecê-la fora desse ambiente e, sei lá, não há mal algum*". Peça-lhe que não se acovarde diante de uma possibilidade tão inusitada e que, no fundo, é também muito natural, aconteceu de maneira natural. É ela que está criando problema em algo muito simples. E, se o encontro rolar, aí, meu amigo, respire fundo e vá à página 161, porque lá vêm mais instruções pra você!

DICA DO RAMPA:

Ok, você está empolgado e decidido, mas **nunca** se esqueça de que ela é sua professora. Tenha sempre muito tato para cada movimento que fizer. É melhor abortar a missão do que repetir o ano ou pegar uma DP.

DICA DO ISMÁ:

É muito importante que você mantenha toda essa investida em sigilo. Meter-se numa fofoca seria ruim para a professora, ruim para você e péssimo para seus objetivos.

SALA DE AULA 3

Interpretação - 🎭🎭🎭🎭
Risco - 💣💣💣💣💣
Ousadia - 🏆🏆🏆🏆

Muita atenção. Além da unanimidade da sala – a mais gostosa –, sempre existe a brota escondida. Aquela quase imperceptível, mas que você, com seus olhos de lobo xavequeiro, captou em toda a sua graça. Esta, que vamos chamar aqui de "pitéu camuflado", é aquela mininha que entra muda, sai calada e se esconde atrás de óculos espetaculares e um cabelo insistentemente preso. Manja? E é exatamente esse segredo, esse silêncio sepulcral, que fez você se encantar. Mais que encantar. Esse quase disfarce dessa delicinha deu corpo à sua vontade de beijá-la todinha, boca, corpinho, inclusive seus óculos.

Ok, pés no chão. Normalmente os pitéus camuflados são de uma timidez atroz. Fora a possibilidade que há de estarmos diante da CDF, da ferrinho, da caxias da sala, que estuda, estuda, estuda e acha o resto do ambiente acadêmico absolutamente irrelevante. Bom, o importante é que, nos dois casos, da tímida ou da obcecada pela nota dez, estamos falando de uma gatinha que tem uma vida paralela, acredite nisso, meu amigo. Vamos lá: como é essa mina em casa? Que filmes ela assiste? Qual sua comida predileta? É isso, ataque por aí.

Num primeiro momento, busque um encontro no corredor: veja quando ela sai para o intervalo e, na cara-de-pau, fique na porta da sala de aula esperando-a voltar. Com seu corpo, bloqueie o caminho da brota acidentalmente. Ela vai reagir, ou pedindo licença ou ela própria se desculpando. Qualquer que seja o caso, responda "não". Sim, é exatamente isso que você acabou de ler. O pitéu camuflado e seus óculos vão derreter seus ouvidos com um cálido "é... licença", e você diz um sonoro "*não*".

E então, em seguida, diga: "*Olha, não sei por quê, mas me deu uma curiosidade gigantesca. Me conta, qual o tipo de filme que você gosta de ver? Terror, comédia, aventura?*". Seja despretensioso, bem-humorado. Se ela vacilar para responder, insista. "*Não tô brincando, é sério. Tou curioso, ué!*". Não despreze esse "ué", ele lhe dará um ar de menino brincalhão, bonzinho, muito bem-vindo aqui. Torça para que ela responda algo, dê passagem e agradeça a resposta com um "*valeu!*". Ok, relaxe. Dois dias depois, interdite a porta novamente, e desta vez pergunte sobre a comida preferida dela. Insista como da outra vez, use os "ués" necessários e agradeça a resposta com um "*valeu!*". Relaxe de novo. Depois de mais dois dias, fale de música. Pergunte sobre a música, ou banda, ou cantor preferido dela. Se ela não responder, ou for genérica demais, do tipo "*ah, meu, sou muito eclética, gosto de tudo...*", insista, dê exemplos: "*Olha, então me fala, você prefere Red Hot Chilli Peppers ou Toquinho?*".

É isso, crie esse ritual, faça disso uma coisa até um pouco engraçada, pois a hora do arremate está por vir. Depois desse questionamento musical, apenas cumprimente-a com simpatia por uma semana, crie uma espécie de suspense. Legal, ao final do sétimo dia, espere-a sair para o intervalo e vá atrás. Pegue – sutilmente, por favor – no braço da brota e dispare: "*Oi. Tava pensando no que você me respondeu. Cê lembra, né, te fiz umas perguntas... Então, topa ir comigo ver o filme X e depois comer a comida Y? Ah, e toma aqui, ontem tava comprando umas coisas pra mim e vi esse CD do Toquinho. Mas então, é isso, me deu vontade de te fazer esse convite, UÉ!*". Note, irmão xavequeiro, o misto de humor e galanteio que há nesse xaveco. Você vai deixar claro que premeditou tudo aquilo, mas não estamos falando de uma premeditação oportunista, e sim romântica, até. Diga isso fazendo graça, mas deixe claro que você está falando sério ao insistir em marcar o encontro caso ela titubeie. Em último caso, pegue o telefone e leve a batalha para casa. Você já pontuou ali, acredite nisso e vá pras cabeças, irmãozinho.

DICA DO RAMPA:

Cuidado na primeira abordagem, aja como se a curiosidade só tivesse surgido ali, naquele momento. A timidez da menina pode ser sua grande inimiga, seja simpático e tranqüilo.

DICA DO ISMÁ:

Faça a primeira pergunta numa sexta-feira. Você tem grandes chances de ser lembrado pela mina no final de semana. E lembre-se: o segredo do xaveco pode estar no suspense, que vem num crescendo até o clímax do convite. Evite dar bandeira e olhar muito pra ela nos dias que separam as suas perguntas, crie esse clima, ué!

XAVECO NO SETOR DE TRABALHO 1

Interpretação - 🎭🎭🎭🎭
Risco - 💣💣
Ousadia - 🏆🏆

Muito bem, estamos falando agora de um pitéu do seu próprio **setor de trabalho.** A mulher trabalha ao seu lado e você a vê, inevitavelmente, todos os dias. Ela talvez seja mais presente em sua vida que sua mãe. Oito horas por dia, quarenta horas por semana e ela lá, do seu lado.

Antes de ir pro xaveco propriamente dito, pergunte a si mesmo o que você quer com ela. Você se apaixonou? Afinal, você conhece bem a menina, afinidades e admiração podem perfeitamente ter surgido daí. Ou você quer simplesmente agarrá-la, provar aquela delícia? Ter esse objetivo claro antes de dar o primeiro passo é fundamental. Busque verdade no seu desejo; além de ser justo para com ela, é justo para com você mesmo. Mas, qualquer que seja a sua motivação, a estratégia aqui é bem simples: você vai convidar essa brota para uma peça de teatro. Mas tem que ser teatro? Tenque! É uma balada mais *cool*, a maioria das pessoas vai pouco, muito pouco, ao teatro. Existe um certo mito em torno do teatro que faz dele um programa mais deslumbrante, mais glamoroso do que um cinema, um barzinho ou uma festa. E rola ainda a vantagem de o "xaveco" ficar mais disfarçado. Seu interesse fica menos declarado do que num convite para o escurinho do cinema, por exemplo. Mas se você é um cara que também não vai ao teatro com freqüência, não se acanhe.

Veja, com calma, nos bons jornais e revistas, a programação e os roteiros das peças em cartaz. Evite uma peça com atores famosos, opte por um programa mais underground, mais marginal. Invente, inclusive, que um amigo seu é o assistente de direção, justificando ainda mais a proposta. Dessa forma, o convite para essa peça vai soar mais amigável do que xavequeiro. E, pelo amor, não faça esse convite em público. Não vá dizer, no meio da sala, com todo mundo em volta, "*Ju, vamos ao teatro?*". Pois bem, uma vez analisados a peça, os dias de apresentação e o local, espere por um momento em que vocês estejam sozinhos. Na fila do café, no caminho para o almoço, na máquina de xerox, no raio que o parta, mas espere esse momento a sós com ela e diga: "*Tá a fim de ver uma peça?*". Faça, de cara, o convite. Não enrole. Não se justifique. Deixe as explicações pra depois. Dita essa curta e simples frase, aí sim você incrementa: "*É que entrou em cartaz uma peça de um amigo meu, parece que é bem legal! Sei lá, vamo aê?*". Amigo seu? Que amigo? Invente. O cara pode trabalhar na produção, na direção de elenco, enfim, isso, além de disfarçar a investida, dará ainda um charme a mais pra coisa. Provavelmente ela vai querer saber os dias e horários, aí é com você negociar e convencê-la. É lógico que vai pesar nessa aceitação o real desejo que ela tem (ou não) de te ver fora do ambiente de trabalho. Por mais que seja um convite light, foi uma proposta não convencional. Fique atento e não romantize esse convite. Torne-o impessoal, tudo bem. Se ela aceitar, até o dia da peça você terá tempo para colocar as garras de fora. Adote inicialmente essa postura mais cautelosa e fria (lembre-se, é uma mulher da Parte 3 de seu Manual, trabalha ao seu lado, não é uma desconhecida do metrô, vá na manha). Foi um convite pra ver uma peça e pronto. E isso tudo vale tanto para o caso de ser ela uma mulher por quem você se apaixonou, tanto quanto para o caso de ser a musa dos seus sonhos eróticos. Seu comportamento só vai mudar se o encontro acontecer. Se o caso for de paixão, se você está gamado, amando, opte por fazer desse encontro o mais agradável e bem-humorado possível. E não necessariamente tente ficar com ela nesse dia. Outras oportunidades surgirão caso ela tenha gostado; faça do programa o primeiro de muitos. Mas se o seu desejo é realmente descobrir o sabor da mulher, mais do que qualquer outra coisa, se foi a cabeça de baixo que ficou lá folheando o jornal pra escolher a peça, na boa, pegue na mão e agarre a mina na saída do teatro. Quem sabe ela não queira saber como é você atuando... É isso, querendo A ou B, proporcione uma agradável peça à gatinha antes de tudo.

DICA DO RAMPA:

No caso de uma negativa, bem, procure entender de maneira fria o que motivou essa recusa. Ela realmente tinha um casamento pra ir no dia da peça ou você sacou que ela preferiria estar com o Pedro de Lara numa ilha deserta a ir com você ao teatro? Use a sua sensibilidade (de maneira fria, volto a dizer) e pondere se é ou não o caso de renovar o convite.

DICA DO ISMÁ:

Para persuadi-la a aceitar o convite, lance mão de frases como "*uma pecinha de teatro pra desestressar vai bem, diz aí?*". Mostre que ela não tem nada a perder, ao contrário, vai perder se não topar sair com você: "*Me diz, qual foi a última vez em que você foi ao teatro?*". Instigue-a a aceitar a balada.

XAVECO NO SETOR DE TRABALHO 2

Interpretação -
Risco -
Ousadia -

Legal, entendido o que significa xavecar uma mina do mesmo setor de trabalho, ou seja, uma mulher que, faça chuva ou faça sol, está lá, perto de você, vamos apresentar aqui o "xaveco da troca". Troca, que troca? Isso é você que vai descobrir. Mas que haverá a troca de alguma coisa entre vocês, disso não resta dúvida. Por exemplo, a troca de um filme. Ou a troca de algum CD. Ou ainda, por que não, de textos, poemas, versos. Enfim, queridão, você e essa menina vão trocar objetos muito pessoais e valiosos para ambos. Ok, e para chegar nesse estágio é bastante simples: basta você introduzir o tema em alguma conversa entre vocês. Perguntar a ela qual é seu filme predileto desencadeia, naturalmente, uma conversa sobre cinema.

A partir daí fica baba, "*você já viu tal filme? E aquele outro?*", e pronto, quando pintar um que ela não tenha visto você emenda: "*Amanhã eu trago ele pra você, beleza?*". Beleza! Belezíssima, aliás. Tem-se aí muitos pontos ganhos. 1) Você vai apresentar parte do seu mundo a ela. 2) Você garantiu assunto para depois – o que ela achou do filme? 3) Você se mostrou atencioso, interessado, mulher saca essas coisas, acredite. 4) Você ganha, naturalmente, o direito de pedir o seu: "*E aí, e a minha vez? Quando você vai me emprestar um filme de que gosta?*".

Está entendida a troca? Muito bem, mas e aí, aonde vamos chegar com isso tudo? Pois então, até mesmo uma criança nas fraldas poderia imaginar que, a partir daí, depois de consolidada essa relação de trocas de filmes – não pare no primeiro –, um convite para o cinema é mais que justificado, fala sério. Que mal há? Tudo a ver, ora essa. Logicamente, a temática escolhida aqui (no caso, filmes/cinema) foi um mero exemplo. Isso pode ser feito com a dupla CD/show, ou poemas/sarau, e por aí vai. Essa brincadeira tem que chegar em algum lugar, e esse lugar é fora do seu perímetro de trabalho, meu amigo. Leve a brota para o mundo afora. Faça esse convite, que, de tão contextualizado, permite até a mais pentelha insistência. Sim, se for o caso, insista – sempre com o mínimo de bom senso –, mas faça essa troca virar uma balada entre vocês, um evento. Evite, entretanto, tornar muito pública essa brincadeira. Primeiro porque tudo o que é público inibe, ela pode se retrair. E segundo que não seria nada bem-vinda uma terceira pessoa metendo o bedelho e sugerindo filmes também. Péra lá, a coisa é entre vocês e acabou. E aproveite, colega, o "namoro" que essa troca vai te proporcionar para ir percebendo, absorvendo a mulher. Ela é mesmo tão interessante como você imaginava? Quais as preferências dela? O que ela achou das coisas de que você tanto gosta? E lembre-se, ela não é uma gostosinha que passou por você na rua, ela é a flor que habita seu jardim diariamente. Voltamos, no fim desse xaveco, à velha questão: o que você realmente quer dessa mulher? Essa percepção vai te ajudar a tirar o melhor proveito no desenrolar desse xaveco, que, além do objetivo final (o encontro), pode ser muito prazeroso durante a execução. Divirta-se.

DICA DO RAMPA:

Bem, por mais sincera que seja a sua postura, pegue leve e vá devagar ao expor seu mundo. Se você é um ninfomaníaco nas horas vagas, não precisa sugerir "A vovozinha tarada", né, malandro? Vá na manha, busque algo mais convencional nesse primeiro contato; na hora certa você diz do que realmente gosta, esse momento vai chegar. Sinceridade é bom, legal, mas tudo o que é demais pesa e afunda.

DICA DO ISMÁ:

E não vá propor também troca de livros, por favor. De que adianta esperar meses para ouvir esse ou aquele comentário? Que é isso, paciência tem limite. Saiba que esse xaveco requer certo dinamismo, por mais tranqüila que seja a sua levada. Brinque com a gatinha: "*Olha, livro a gente troca quando começar a namorar...*".

Adaptando Seu Xaveco

No início do Manual, nas instruções, damos a dica de que esta bíblia – como a própria – não precisa ser lida do começo para o final. Você pode ir direto à página ou parte do livro que te interessa em determinado momento. Muito bem, mas vale dizer que tem um imenso ganho o disciplinado xavequeiro que resolveu ler o Manual todo, mesmo sem a premência do desejo pulsando nas veias. A vantagem é que você pode, por exemplo, usar o xaveco de um lugar em outro. Por exemplo, o Xaveco na Balada 2 diz assim: **você, largado na balada, elege uma brota em que pare, olhe e chegue à conclusão de que aquela é uma mina que você gostaria de conhecer. Ok, você vai à gatinha e, ao pé do ouvido, pergunta-lhe a graça. Evidentemente espera-se que ela diga o nome, e então você pega e diz: "*Ó só, na boa, vou ser muito sincero com você. Sabe o que eu quero?*". Ela diz (ou deveria dizer) "o quê?", e você emplaca "*queria te conhecer!*"**. Pronto. Imagine esse mesmo xaveco usado no meio da rua, dentro de uma livraria ou na fila do banco. Meu camarada, é isso, adapte seu xaveco. Evidentemente isso não vale para todos; para ser franco, são minoria os xavecos que apresentam essa flexibilidade. Mas eles existem; fique esperto e use sua sensibilidade. Perceba o que pode ser aproveitado de um em outro. Uma dica de um xaveco no metrô pode, por que não, servir para ajudá-lo a ganhar a flor que habita o seu prédio. Um breve comentário de um xaveco no setor de trabalho pode ser decisivo para você jantar a gatinha que conheceu no restaurante. Ou seja, a grande dica que queremos dar aqui é: deixe-se educar pelo Manual. Sem pudores ou preconceitos, nós mesmos, Rampa e Ismá, fomos nos aprimorando na arte do xaveco conforme íamos escrevendo este livro. A cada linha que você lê de cada xaveco ou texto deste Manual, caro amigo, você lapida mais seu potencial, tenha isso como certo. E estamos falando de algo que vai além do sucesso com a menina, mas de um sucesso com você mesmo. Estar bem resolvido e buscar o melhor xavequeiro que reside em você é o desafio aqui; entendido isso, os benefícios deste Manual se multiplicam. Permita-se, então, estar no meio de uma livraria e lembrar-se de um xaveco que você leu, aqui, para o ponto de ônibus – se você acha que dá pra fazer o link, acredite, ouse e vá em frente. Essa pode ser a maior prova de que você se desprendeu das fronteiras deste Manual, saiu de dentro dele e, nesse caso, numa comovente troca de papéis, é o próprio *Manual do Xavequeiro* que já está dentro de você.

PARTE 4

XAVECOS EM MULHERES QUE VOCÊ CONHECE MUITO BEM

Caro, caríssimo amigo leitor. O seu *Manual do Xavequeiro* se resolve muito bem nas três partes que apresentamos. Está nelas exposta a imensa maioria dos tipos de mulheres que você pode xavecar, e em que lugares e situações pode fazê-lo. Legal, então por que existe esta Parte 4? Meu camarada, a Parte 4 do seu Manual é aquele absoluto e específico caso em que você se apaixonou por uma grande amiga sua. E a coisa é, nesse caso, muito diferente. Porque é amiga de vir ver filminho com a gente em casa, comer pipoca debaixo do cobertor, conversar até de madrugada. A gente tá falando de amiga mesmo, com quem nunca rolou beijo, ficada, nada... Vamos lá, porque esse é o alvo deste capítulo do nosso *Manual do Xavequeiro*.

Como agarrar aquela amigona sua, como fazer acontecer com a sua melhor amiga? E o primeiro problema que a gente deve identificar nessa situação é o porquê de você nunca ter se interessado por essa amiga antes. Por que só agora? A partir daí, por conseqüência, a gente pode descobrir por que ela também não se interessou por você. E é aí que está a raiz do problema. Para a mulher às vezes é muito mais importante um amigo... O primeiro passo é você descobrir onde é que essa amiga não te enxerga como homem. E ser realista também, né? O que te chamou a atenção nela? Foi a bundinha, que, de uma hora pra outra, ficou uma delícia? Foi o cabelo dela, que tá cortado diferente? Foi o sorriso, que tá mais bacana, mais interessante? Foi isso que te despertou a simpatia e essa vontade de aproximação pra um beijo, pra uma transa, enfim, para tê-la como mulher e não como amiga?

A gente deve descobrir qual foi a motivação, antes de tudo. E será que o caminho não é despertar isso nela, tentar direcionar o olhar dela para isso tudo em você, pra que ela siga esse mesmo caminho lógico e, pimba, ficar a fim de você também? Mas tem uma coisa, é importante dizer que se o amigo xavequeiro tá a fim da melhor amiga, é porque provavelmente ele tá apaixonado. Dificilmente, nesse caso, seria só tesão. Ele quer dormir junto, passear de mãos dadas no parque, essas coisas todas, porque ele, como amigo, já conhece bem a mulher. O cara quer acordar junto de manhã, juntar as escovas de dentes... Porque o cara que tá a fim da amiga já sabe muita coisa dela e quer perpetuar a amizade num beijo na boca com essa mulher com quem ele já tem, até, uma certa intimidade. Porque ele já sabe da afinidade que tem com ela. O cara fica apaixonado pela grande amiga justamente por isso, pra realizar com ela outras intimidades potenciais que extrapolam a amizade. Você, então, já tem estabelecida com essa amiga uma intimidade brutal, de não ter certas vergonhas, uma intimidade que vem da amizade. Ok. Por que a mulher vai trocar isso pelo beijo na boca? Se você é um amigo fiel, presente, a mulher deve estar supersatisfeita com isso. Onde eu desencadeio essa teia do apaixonado, a teia amorosa? Não dá pra assegurar onde é esse ponto. O que a gente sabe é que ela também tem que querer, ela deve olhar pra você e concluir, de uma hora pra outra: "Nossa, eu quero. Eu quero mais do que eu tenho, eu quero esse cara como homem". Esse desejo tem que aparecer nela. Essa vontade tem que vir.

O ato suicida e o risco necessário

A mulher tem uma coisa peculiar. Ela age por impulso, é impulsiva, e adora quando alguém desperta nela esse desejo repentino, provocador. "Nossa, o que aconteceu? Parece que naquele momento eu saí de mim". Você pode fazer o seguinte: um dia você chega absolutamente estranho diante dessa sua amiga. Você vai estar mais quieto, mais calado do que antes. Não um silêncio triste, mas uma mudez enigmática. Existe em você, a partir de agora, um grande enigma. "Por que você tá assim?", ela vai perguntar. Ótimo. Isso quer dizer que você já despertou nela a curiosidade, e a mulher precisa estar curiosa pra gostar do sujeito. Sem curiosidade não se faz nada. Até pra chupar um picolé a gente tem que estar curioso. Precisa querer saber qual é o gosto.

Tudo bem, gerada essa curiosidade na sua amiga gatinha, você simplesmente, num ato suicida e, por isso mesmo, extremamente amoroso, rouba um beijo. Beije a mulher, vai ser uma situação inusitada. Ela vai ficar espantada, naturalmente. Nessa catatonia pós-susto dela, aplique outra bitoca. Depois, divirta-se com o que acabou de fazer, seja irônico com seu próprio gesto, desculpe-se de maneira divertida, evite que se crie um climão entre vocês. Depois, declare-se, seja sincero e exponha seus sentimentos. Mas cuidado com esse beijo, estude bem o terreno, exageros nessa hora podem micar a amizade.

A Flor

O amigo xavequeiro pode perguntar: "E se eu mandar flores?". A gente tá falando aqui de uma amigona. Dê a flor, mas não um buquê. Dê uma rosa, única, pode ser muito eficiente. Você, um cara que sempre chega com o sorriso na cara, com uma novidade, dessa vez chega com uma rosa vermelha e solitária. Brinque com a situação dizendo: "*Sabe, eu tava passando em frente a um jardim bonito e vi essa rosa... Na hora me deu uma vontade de roubar ela pra você! Pulei o muro, enfrentei um pit bull babão e me furei todo nos espinhos, mas taí, valeu a pena...*". Não seja romântico nas palavras, assuma seu delírio heróico. Veja, nesse caso você também vai despertar nela, além do bom humor, a curiosidade – "ele nunca me deu flor", ela vai pensar –; a diferença é que você vai correr menos riscos. Se você é um xavequeiro mais preocupado com os riscos, opte por essa opção.

Às vezes o ato suicida do beijo não cabe, e muito cara se sentiria tímido pra se jogar assim. Vai de cada um. Legal ter essas duas possibilidades, as duas são válidas, o beijo e a rosa. Claro que se você vai xavecar a sua grande amiga, a sua companheira de aventuras, você, como em qualquer outro xaveco, está correndo riscos. E chegamos ao ponto: vale a pena o risco? Vale, meu amigo, vale! Se você sentiu alguma coisa, poxa, não vá ficar chupando o dedo, passando vontade, sofrendo. A rosa seria o início de um processo de sedução. Um dia a rosa, outro dia uma carta, outro dia o beijo. E o súbito e inesperado beijo na boca é outra opção, dependendo da vibe e da disposição de cada um. Escolha o seu xaveco e vá pras cabeças!

A pegada forte

Uma amizade é irmandade, fraternidade. E, a partir do momento em que o cara se apaixona pela amiga, tudo isso vai pro mingau. O cara fica obcecado pelo beijo na boca. É difícil ter um grande amigo; e se a mulher colocar na balança? Não dê tempo para a mulher, para a ex-amiga, pensar. Ela deve ser surpreendida.

Qualquer estratégia que se trace deve ter, portanto, o contato físico. Claro que, nesse caso de melhores amigos, pode ser bom a mulher pensar, em vez de agir simplesmente pelo impulso. De repente, se ela pensar, vai trazer tanta coisa boa da amizade que pode surgir aí o "por que não?". Mas nesse caso o amigo leitor tem que perceber antes se existe na mulher essa predisposição. Engraçado que, quando você fica muito amigo de uma mulher, ela começa a se soltar, a dar gargalhadas deliciosas, e isso pode fazer você se apaixonar. Você começa a saber pormenores da vida dela e ela deixa de ter alguns pudores com você – aí é que vem a confusão. Coisas do tipo "será que ela tá assim comigo porque tá me vendo como um puta cara, e isso serve de porta de entrada, ou será que ela se sente bem comigo porque me vê como um grande irmão?".

E, voltando à questão do espaço para reflexão da mulher, é preciso analisar qual é o seu caso. Será que existe uma ponta de desejo nela? Será que no meio disso tudo tem um elemento que indique que ela também me quer? O leitor precisa sacar isso pra ter como fazer a escolha da estratégia certa. A mulher precisa te entender como homem. O problema é que a amiga não vê masculinidade no amigo. E homem tem que ter pegada. Sua amiga precisa ver em você onde está essa pegada forte, que fará com que ela se sinta segura, protegida, essas coisas. Quem sente essa pegada, essa virilidade toda, são nossos casos, nossas ficadas. Pegada é você pegar no braço, no pescoço, na cintura da mulher, cheio de atitude. E claro que pra coisa acontecer tem que ter essa pegada, o cara deve se jogar e ver o que acontece – se a mina é receptiva, se vai virar o rosto na hora do beijo, e por aí vai.

O filminho

O cara que tá a fim da amiga deve se cuidar mais, aparecer mais bonito, mais cheiroso pra ela. Você tem que estar atento a possíveis elogios dela e, se isso acontecer, ponto pra você. Então, aí vai mais uma estratégia: você pode convidar a amiga prum filminho em casa, assistir a um DVD. Até aí tudo certo, coisa de amigos. E depois? Pois então, depois do filme, você desliga a TV, coloca música, um CD. De preferência, um CD com músicas lentas, com um climinha gostoso.

Enquanto rola a música, vocês conversam sobre o filme e tal. Tente, cara, levar esse papo a uma atmosfera comovente, intimista. Assim, quando tocar a música lenta, convide a amiga pra uma dança. Se ela vacilar, faça graça, "*faz tempo que eu não danço de rosto coladinho*", vocês são amigos, lembra? Aí vem a pegada. Dance abraçadinho com ela, provoque esse contato físico inédito. Coloque a mão dela no seu peito, dance ritmado, envolva a mulher. Assim, perceba se dá pra ir além. E, óbvio, não interessa se você, leitor, é um perna-de-pau e não sabe dançar, se liga, né? O importante é envolver a menina numa viagem sensível. Diga coisas como "*olha que música bacana, lembra até tal cena do filme*". Associe a música e, lógico, aquele abraço dançante de vocês, ao filme. Crie esse clima, esse momento sublime, pautado pela música e pelo filme a que vocês assistiram. Bom, não preciso dizer que esse filme deve ser muito bem escolhido. Não precisa ser *Love Story*, mas também não vá pegar o *Rambo II* pra ver com a mina, né, malandro? O lance aqui é mostrar na escolha do filme uma sensibilidade quase feminina, e, na hora da dança, o contraponto: a pegada masculina. Perceba se ela se aninha nos seus braços, se ela encosta a cabeça no seu peito, é esse tipo de detalhe que revela se a mina tá ali, disposta. Cabe lembrar que vale a pena ter calma nessa hora, não precisa ser tudo ou nada. A mina é tua amiga, você vai ter outros encontros com ela e, portanto, outras oportunidades.

Urubu na carniça

Tem aquele exemplo do cara que fica amigão da mulherada e... pega todas. Tem muito sujeito por aí que fica igual a urubu na carniça. Se faz de amiguinho, coisa e tal, e espera um momento de fragilidade da mina pra atacar. Disso a gente discorda. Porque a amizade deve ser verdadeira, e não oportunista. Aliás, são sujeitinhos como esses que deturpam o significado original da palavra "xaveco". Parte da implicância da mulherada com o xaveco vem por causa desses caras. Mas, vamos admitir, essa tática existe, sim. E tem muito malandro escolado. O cara é tão treinado que sabe sacar o momento exato de fragilidade da mulher pra atacar. Amigos, se a amizade existe mesmo, aí não há mal algum. Mas, do contrário, não dá, né? Fingir ser amiguinho não rola. Leia o nosso ensaio "A mentira que vale" e você vai entender que essa seria uma mentira que não vale, ok?

Considerações

Levantamos aqui dois caminhos. Tem o da constante sedução. Salpicar aos poucos seu interesse nessa amiga que você vê sempre, colocar na cabeça dela a semente da dúvida e fazer crescer aquela curiosidade – sempre com calma, lembre-se, essa mulher não vai sumir. Mas tem ainda o outro lado. Não adianta ser o maior galanteador do mundo e não fazer nada, não sair da cartola, o contato físico tem que acontecer. Até porque com muita sutileza na conquista a mulher pode não entender o que você quer. Busque equilibrar isso tudo.

E fique atento ao xeque-mate. Se a gente quer jogar bem o jogo da sedução, tem que ter instrumentos pra isso. Vocês são amigos, existe aí o cenário ideal pra você mostrar suas particularidades. Você entende de vinhos? Pode ser que entenda de cinema, de autorama, sei lá. Gosta de uma comidinha "X" num lugar "Y"? O importante é que você tenha cartas na manga, tenha universos pra apresentar pra essa mulher. Depois de uma amizade longa, ou intensa, você vai poder despertar nela algum encantamento. De uma hora para outra essa amiga vai ver que você pode apresentar a ela todo um universo de novidades.

Claro que, como sua amiga, ela já deve saber das suas habilidades, de seus hábitos diferenciados. Mas saber é uma coisa, convidá-la a fazer parte disso é outra. Se você for um fanático por futebol de botão, por exemplo, mostre a ela onde está a sensibilidade disso, do seu ponto de vista. Faça-a participar de sua viagem. De repente, comendo um bom bife naquele lugar "Y" você olha pra cara dela e diz: "*Nossa, tá percebendo a umidade dessa carne, a sutileza do tempero? E isso tudo olhando pra você, então...*". Brinque com sabores e sensações. Se você se apaixonou, saiba que esse esforço sensível é necessário, não vai cair do céu. Aproveite esse seu estado amoroso pra desvendar em você gostos, sensações, melodias que você não havia explorado antes. Você, a partir dessa paixão, se transforma num cara melhor e provavelmente contagia quem está por perto, inclusive a desejada amiga-mulher. O que pode fazer a diferença, principalmente no caso da grande amiga, é ela te perceber como um cara mais sensível que os outros e que, na hora certa, chega com a pegada necessária.

Filosofias do Xaveco

A ARTE DO ELOGIO

Quem não gosta de um bom elogio? Pois é, com as mulheres não é diferente. Mas o que é o *bom elogio*? O elogio não é, nem nunca foi, uma ciência exata. Mas pode, sim, ser definido por meio de uma pequena equação. Vamos a ela: **sensibilidade + sinceridade + oportunidade + coragem**. Com a soma desses quatro fatores você tem grandes chances de chegar ao almejado *bom elogio*. Mas atenção, cada um desses elementos é absolutamente variável de pessoa para pessoa e de caso para caso. É preciso reconhecê-los para poder domá-los de acordo com seus objetivos.

O despertar da sensibilidade

Vamos direto ao ponto: se o que te atraiu no sexo oposto foi um atributo físico, guarde essa informação para você, com muito carinho, claro, mas vá além. Pensar com a parte de baixo do corpo é natural, prazeroso e saudável. A questão não é essa. A beleza de um rabicó bonito é indiscutível. Mas muito mais eficiente e sublime é o elogio ao detalhe, à sutileza física, como uma mão bonita, ou a maneira como o cabelo se movimenta ao vento. Também vale aqui, em vez de admirar única e exclusivamente o decote sinuoso, o shortinho apertado ou a sainha quase sem tecido, observar o pequeno penduricalho, aquele detalhe que só o olho mais atento e sensível pode admirar.

A descoberta da sinceridade

Tudo o que é verdadeiro é útil. É positivo. A mais articulada e crível mentira se perde diante da verdade translúcida. Assuma a sua verdade, que, ainda bem, é única, exclusiva. Faz bem dizer uma boa verdade, por mais que ela pareça enfadonha. A mentira, sabemos, também é bacana, prazerosa e atraente. Tudo bem, mas não é verdade. A partir do momento em que existe um mínimo de sensibilidade, existe uma enorme virtude, e a verdade deve brotar daí. Seja feliz, rapaz, não se perca inventando histórias mirabolantes. Viaje, seja criativo, mas sempre verdadeiro dentro do que te é essencial. Dê crédito à sua imaginação, tudo bem, mas acredite no que está dizendo. Mais vale elogiar um simples sorriso com a mais devastadora sinceridade do que discorrer sobre um casaco com a frieza de dez Sibérias. Mais vale elogiar a blusinha colorida da menina se as cores realmente lhe saltaram aos olhos do que dizer que ela tem uma boca bonita apenas pelo costume da frase feita.

O pressentir da oportunidade

O seu bom senso é essencial para saber a hora certa. A situação pode ser tão variável e subjetiva que às vezes a hora certa é na hora errada. Lembre-se de que certo e errado são valores que nós mesmos, por motivos passionais, criamos para nortear nossas próprias ações. Não se guie por esses valores, mas sim pela sua sensibilidade. Faça esse exercício. E, com ela, eduque sua consciência e crie suas próprias regras (cuidado com a intransigência) para chegar ao seu bom senso. Se existe o objetivo, adapte os métodos com sua sensibilidade e você encontrará o momento certo para agir. **Sensibilidade + sinceridade + oportunidade = a coragem de ser.**

A coragem de ser

A partir do momento em que se é, se age. Temos aqui o resultado da subequação **sensibilidade + sinceridade + oportunidade.** A coragem é fruto do olhar atento e espirituoso (sensibilidade) somado ao pensamento verdadeiro, sem muletas ou máscaras (sinceridade), mais a consciência de que se está agindo na hora certa (oportunidade). Existindo o objetivo – no nosso caso, o elogio – como motivação, a soma se dá de maneira natural, alavancando a coragem e, por conseqüência, a iniciativa. O que se espera ao final de tudo isso é o mais sensível, sincero, oportuno e audacioso dos elogios. Parabéns!

A MENTIRA QUE VALE

Os fins justificam os meios? Depende dos meios. Aqui, no nosso caso, no xaveco, quais são os fins? Os fins – ou o fim – são ter a mulher que você tanto queria. É o êxito do xaveco. É beijar, transar, namorar, casar, ter filhos, qualquer que seja o seu objetivo com ela. E para chegar a esses fins os meios são justificáveis? A resposta você já sabe: depende.

Mentir para conseguir ficar com o piteuzinho com quem você tanto sonhou pode, ou não, ser válido, legítimo. E o objetivo aqui não é buscar entender a fronteira do seu bom senso, pois o que é bom senso para você pode não ser para ela. Ou seja, há alguns limites universais, sim. E neste Manual há um extremo cuidado para que esses limites não sejam transpostos. Tivemos uma preocupação essencial que é, simplesmente, a de não magoar a mulher. Preocupação que deve também ser a sua, pois, acredite, sem magoá-la suas chances de também não se ferir aumentam. Assim, dentro dessa lógica, lançamos mão de algumas mentiras. Algumas, aliás, pra lá de descaradas. Mas que vieram unicamente a somar ao seu xaveco, sem que a gatinha, em momento algum, possa ser ou se sentir lesada. Estamos falando da **mentira que vale**.

Inventar que viu a mina em determinado lugar; fingir que está com febre pra fazer o "estilinho doente"; simular uma conversa pelo seu celular; se fazer de coitado buscando sensibilizá-la com martírios inventados; tudo isso e outras tantas compõe a vastidão de mentiras que alguns xavecos apresentam. Mas são mentiras que visam, na verdade, à nobre causa. O intuito final e real é ser feliz. Ser feliz e fazer a mulher feliz. Mas calma aí, mesmo essa boa intenção não lhe dá o direito de ser inconseqüente. Mentirinhas casuais, sem maiores conseqüências, são às vezes até bem-vindas, tudo bem. Tornam o cenário inventivo, criativo, fazem verdadeiramente parte do seu xaveco, de todo o processo de conquista e sedução. Mas não podem em hipótese alguma comprometer o humor, as expectativas e os sentimentos da menina.

Um bom teste que você pode fazer para medir se sua mentira é ou não nociva é se imaginar confessando-a para a gatinha. E não muito tempo depois de ter mentido. Não vá também fazê-lo depois de casado, porque aí fica fácil perdoar. Imagine um encontro, num futuro próximo, em que você revele a ela o quão criativo você foi ao xavecá-la. Qual seria sua reação? Ela daria risada? Ficaria incrédula, mas acharia graça? Ou sairia correndo aos prantos? E você, teria realmente coragem de contar sua farsa para ela? Pensar sobre essas questões é um bom exercício para você perceber até onde pode ir. Lembre-se de que nenhum objetivo, nenhuma princesa do castelo justifica uma mentira que vá causar tristeza e decepção à doce menina – seja ela doce ou não. Você certamente não iria querer isso para você.

Mas atenção, não vá transformar as meninotas em padres. Antes que você saia por aí confessando desesperadamente suas mentiras para as gatinhas, tenha em mente que isso não é necessário. O que se propôs aqui foi um exercício pra você imaginar a situação caso a mentirinha fosse revelada. Foi pra você se imaginar no lugar da brota. Eventualmente isso até pode acontecer; se quiser, revele o santo e o pecado. O grande lance é que, se você compreender esse limite, essa fronteira que separa a mentira aceitável e inocente da mentira comprometedora, você não terá necessidade de se preocupar com ela. Ela poderá, inclusive, ser esquecida. E não por ser algo nefasto que deva ser apagado da memória, mas por ser algo sem importância, usado num momento específico e que depois perdeu o sentido.

Se for pra você ter dúvidas sobre essa mentira, ter medo dela, não use. O sentimento deve ser o oposto. Você deve ter orgulho dela. Ela é benéfica. É boa para você e para a gatinha também. E você só vai conseguir nutrir essa relação saudável com suas mentiras se elas também forem saudáveis. E elas só serão saudáveis se você não se desprender, em momento algum, dos valores éticos que norteiam a vida em comunidade. Não mate, não roube e não minta, se sua mentira puder, de alguma forma, causar dano à moça que você tanto deseja e quer bem. Veja, não é para você se podar, o discurso aqui não pretende ser – e não é – moralista. Mas há, sim, a preocupação com o bem-estar alheio, claro. Só assim seu xaveco tem razão de ser. Muito da resistência que as mulheres oferecem ao serem xavecadas baseia-se na visão que elas têm de que o xaveco é algo chato, ruim, como se fosse uma armadilha. Não é. E cabe a você, xavequeiro, provar isso. Faça de seu xaveco, com ou sem mentiras, com ou sem histórias mirabolantes, um emissário da verdade, do desejo mais puro, real e sincero.

Genericamente falando, suas mentiras devem se restringir à situação, ao cenário que você montou para xavecar o pitéu. Evite mentiras relacionadas diretamente a você. Não diga que tem posses, carro, casa na praia, emprego, se você não tem. Deixe as mentiras de doenças e afins para os familiares e amigos; se com você está tudo ok, se está forte e revigorado, continue assim. Aí vem a pergunta: mas e o "xaveco da febre"? Sim, é verdade, o **Xaveco no Metrô 3** relata uma situação em que você se diz febril e solicita a ajuda da gatinha pra medir sua febre. A abordagem é essa, tudo bem, mas o apelo não é esse. Na continuidade do xaveco, a levada foge desse "universo febre" e busca realmente despertar o interesse da menina pelo seu papo. O fim da picada seria você dizer que está com febre e que só tem mais um mês de vida. Sacou a diferença?

Avalie até onde você deve ir. Perceba os limites. E dentro deles, meu camarada, minta. Minta o quanto quiser, pois mentira alguma vai manchar ou apagar a verdade que te cabe. E o grande segredo da **mentira que vale** está exatamente aí, na verdade. Se seu interesse for verdadeiro, se seu sentimento for verdadeiro, se sua empatia, seu caráter e sua generosidade forem verdadeiros, acredite, sua mentira também será verdadeira, e, como tal, será absolvida e abençoada.

O MACHISMO

Alguns homens (seriam todos?) simplesmente ignoram o fato de que a mulher, como ser humano, pessoa e cidadã, tem exatamente os mesmos direitos que eles. Não estamos falando aqui apenas de direitos civis, não. Mas da igualdade sensível, da vontade de ser desejada e de realizar seus próprios desejos. Dessa forma, no ato do xaveco – que é o que importa para nós aqui –, a primeira coisa a ser eliminada deve ser o comportamento machista. Se você subjuga seu objeto de desejo, acreditando que o pitéu tem menos valor que você, o jogo já começa errado, malandro. Não se perca aí, por favor.

Se isso não te convenceu, aqui vai um alerta: vestido de machismo, o feitiço vai virar contra o feiticeiro lá na frente. O homem que oprime a mulher que já teve esse ou aquele*s* parceiros, que condena aquela ou essa atitude e que, munido dessa falsa razão, faz a mulher sofrer e sofrer, acredite, sofre tanto ou mais que ela. Cara, será que vale mesmo a pena? Buscar o papel de super-homem-sensível pode ser mais perspicaz, mais sábio do que se vangloriar de ser o ogro das cavernas. Pense nisso. Claro que a mulher gosta e deve ser arrebatada por uma atitude firme, por uma pegada forte, pelamor, não estamos falando disso, mantenha sua virilidade, sim. Mas isso não lhe dá o direito de ser estúpido, nem de achar que tal comportamento é um deleite só seu.

Uma mulher que teve mais parceiros do que você merece ser julgada por isso? Isso é algum demérito? Ok, sem ficar em cima do muro, a resposta a essas perguntas é um sonoro não. Não, não há problema algum na mulher que já rodou a banca. Ué, se eu posso, por que minha irmã não pode? E se é pra chutar o pau da barraca de uma vez, vale dizer até que essa mulher que se permitiu viver o que lhe deu na telha merece até um crédito maior. Pra você, macho que é, é muito fácil arrematar as gatas da academia, a Miss Facul e todas as outras delicinhas que te deram bola. Beleza, é isso aí, se você quis, e elas também, bola na rede mesmo. Mas e para uma mulher fazer isso? Certamente ela teve que passar por cima de uma série de tabus, bater no peito e dizer "vou fazer o que eu tiver vontade". Por isso, a mulher que conquistou essa emancipação merece aplausos, sim. Muito da nossa queixa com as mulheres é que elas ficam fazendo cu doce quando estão a fim, é ou não é? Isso não é um saco? Mas aí, quando você encontra uma que não é assim, ela é uma vaca? Péra lá, malandro. Alguma coisa está errada aí.

Não vamos confundir segurança com arrogância, nem satisfação própria com egoísmo. O machismo acaba privando o homem da parte fundamental na conquista: o encontro do outro. O sujeito que se vangloria pelo simples fato de ser homem acaba não admirando pormenores, sutilezas no sexo feminino. E são exatamente esses detalhes que tornam os momentos compartilhados com ela tão especiais. Só o homem livre disso consegue descobrir na sua musa aquele gesto bonitinho que ela faz e, diante dele, vira um pastel de vento.

Importante lembrar que não estamos fazendo aqui uma apologia da sensibilidade assexuada. Muito pelo contrário. Aprecie à vontade os rabicós, cinturinhas, decotes e perninhas rococós. Problema nenhum. A questão é que, uma vez diante das delícias do corpo feminino, é preciso saber tirar o maior proveito disso, o que só é possível com uma troca igual, num jogo em que cada jogador rebate a bola com a mesma intensidade. Assim, repetimos: não podemos julgar nem subestimar a mulherada.

Agora, temos que mencionar a triste realidade que é o imenso número de mulheres machistas que existem. Nosso leitor, em suas investidas xavequeiras, com certeza vai se deparar com moças ultramachistas. "Mulher não pode transar na primeira noite!"; "Imagina, nem te conheço, como vou dar meu telefone?"; "Ah, você fala isso porque é homem, se fosse mulher seria diferente...". Impressionante como isso acontece. Vai se f... Algumas mulheres se acomodam na lógica machista de um jeito que, essas sim, deveriam ler este Manual. E você, que vira e mexe brande a espada do machismo com as duas mãos, só contribui com essa palhaçada, meu caro. Vamos mudar isso. Cabe a você, xavequeiro, inverter esse quadro. E, nesse caso, jogue na cara da brota que ela está sendo machista. Dê, inclusive, uma bronquinha nela. Diga-lhe que é em atitudes como essa que se perpetua uma imagem negativa da mulher. Verse sobre a emancipação do ser feminino etc. etc. Mas atenção, diga isso tudo se essa verdade já estiver clara para você. Se for o caso, leia este texto quantas vezes forem necessárias; sabemos que tal mudança não acontece da noite para o dia. E perceba, no seu cotidiano, que alguns foras que você leva são fruto de machismo puro por parte das ladies. Identifique-os e rebata com categoria.

É isso aí. E, no caso de uma gata que já está na sua, a coisa está rolando, não vá pôr tudo a perder, né? Pense também no prazer feminino, não só no seu. Investigue os gostos dela, mostre-se preocupado com isso, você só tem a ganhar. Durante o beijo, o carinho, o sexo, você deve ser o instrumento de prazer da mulher. Até porque, vá na fé, ela com certeza te devolverá em dobro. O machismo será definitivamente posto de lado quando o homem se der conta do quanto ele é nocivo para os próprios homens. Sem demagogia, mas faça a sua parte. Que tal?

O PREÇO DO ORGULHO

Até que ponto devemos preservar o orgulho? Para deixá-lo intacto você deve saber que, necessariamente, um preço será pago. E nem sempre é bom negócio desembolsar essa importância, portanto, prepare-se, pois às vezes devemos abrir mão do orgulho, sim. Primeiramente identifique os significados do seu orgulho. Comece trabalhando na tentativa de não classificar o orgulho como mocinho ou bandido, mas como parte do seu ser que deve ser compreendida. Lembre-se de situações em que ele foi seu parceiro ajudando nas conquistas. Rememore também como ele contribuiu para alguns naufrágios. Mapeie seu orgulho, fique íntimo dele, reconheça-o. Feito esse exercício de autoconhecimento, vamos relacionar o orgulho ao nosso objetivo. A questão aqui não é descobrir qual é o mais importante. Nenhum objetivo deve anular completamente o orgulho, pois ele é parte de nossa essência e alma. E vice-versa. Só orgulho também não te levará a lugar algum, ou pior, pode levá-lo a um lugar indesejado. O importante é saber, em cada caso, até onde ir. Vale a pena pagar o preço? Quantas vezes devemos deixar recados na casa da brota sem que ela ligue de volta? Quanto tempo devemos aguardá-la no lugar combinado? Até que ponto vale a pena insistir para descolar aquele número de telefone? E o beijo na boca, convém forçar a barra, correndo o risco do rostinho virando e do fora colossal? Como regra geral, o próprio *Manual do Xavequeiro* normatiza essas ações. Mas é importante você receber essas específicas orientações mais como um referencial do que como uma cartilha cega. Pra citar um exemplo bem próximo, o Manual aconselha, no caso de um primeiro encontro e de um eventual atraso dela, que você não espere mais que 25 minutos para dar um telefonema certificando-se de que ela realmente não virá. Esperar mais que isso, além de ser cansativo, pode ferir seu orgulho de "homem de limites". Mas é aí que podem entrar as exceções e a sua disposição em abrir mão de certas coisas. Ligar pra ela, deixar um recado na caixa postal e ir embora implica não vê-la, não ter naquele dia a brota que tanto almejou. Eis o preço do seu orgulho nesse caso. Você abre mão dela, mas mantém o orgulho lustroso, intolerante, inexpugnável. Contudo, esperar um pouco mais poderia render a chegada dela, seguida de pedidos de desculpas, beijos na boca e tudo o que você sonhou. Amigo, o caso é que a decisão é sua. Não queremos também induzi-lo a esperar a pequena por três horas e ganhar o troféu de mané do ano. Entenda que tudo isso depende do seu índice de **paciência** (*p*) somado à sua **satisfação estimada** (*se*). Os fatores apresentados aqui (*p* e *se*) são opostos. De um lado a sua paciência e calma, do outro a expectativa, o anseio. Nesse balanço, nessa soma, qual tem o maior peso? O resultado disso é o **esforço** (*e*) que você pretende aplicar nessa conquista. Daí, extraímos a seguinte relação: $p + se = e$. Feito esse cálculo, confronte-o com seu orgulho. Sinta para qual lado a gangorra pende e decida se você vai ou não esperar mais tempo na mesa do bar pelo pitéu, ou seja, o esforço vale a pena? Agora, vamos pensar no seu orgulho propriamente dito. Para entender melhor a espinha dorsal dele, podemos lançar mão de outra equação: **princípios** (*pr*) mais **intolerância** (*i*) somados a **até que ponto essa mulher é importante na minha vida** (*miv*), que resulta em **quanto tempo vou perder com ela** (*qtp*). Ao analisar $pr + i + miv = qtp$, podemos entender o papel de nosso orgulho nas mínimas ações e caminhos que ele percorre. E, ao pensar em todos esses cálculos e fatores, podemos chegar à melhor atitude que deveríamos tomar. Pese cada fator exposto nessas equações. Não com um raciocínio matemático, mas relacione-os ao seu caso específico, à mina que você tanto deseja. Para ter o que quer você terá de repensar alguns princípios? Sua paciência é maior ou menor que sua intolerância? Pense que às vezes o negócio é realmente ir à luta, mas... vale a pena esse esforço por alguém que não vai significar tanto em sua vida? Como foi dito no início do texto, o orgulho existe em qualquer um, quer queiramos, quer não. Isso é um fato, a discussão não é essa. Mas você pode, sim, ter com ele uma relação sadia. Faça dele um orgulho mais honrável e menos egoísta. Mais digno e menos arrogante. Mais altivo e menos vaidoso. Mande flores, peça desculpas, ligue de novo, faça tudo isso sem se sentir depreciado, e sim, generoso. Mas ame, acima de tudo, a si mesmo. Essa frase feita não existe à toa. Todo mundo tem o seu limite, descubra os seus. E lembre-se de que deixar o orgulho de lado não é necessariamente se enfraquecer. Cabe a você fazer a sua parte, em busca do que acredita, e se mesmo assim a mulher não te quiser, meu amigo, com ou sem orgulho, parta pra outra, fique tranqüilo, foi ela quem deixou de conhecer um puta cara bacana!

DICA DO JÔ:

Durante entrevista no Programa do Jô, da Rede Globo, em 2006, enquanto explicávamos na lousa posta ao palco as equações do ORGULHO que você acabou de ler, eis que nosso camarada Jô Soares elabora, ali mesmo, um novo fator que merece a atenção do nobre xavequeiro: QCMVP. Apesar das iniciais não conferirem 100%, sua tradução seria "Quantos Cinco Minutos a Mais Vou Esperar", o que, pensando bem, faz certo sentido. Afinal, como disse o simpático gorducho, o sujeito quase sempre dá um desconto e pensa: "Ah, ela não chegou... vou dar mais cinco minutinhos, vai". E assim sucessivamente. Essa merecia registro, vai!

Procedimentos Pós-Xaveco

Porque o Manual não te abandona

Por que é tão importante (e recomendado) pegar o telefone?

Simples. Realmente simples. Porque é a única maneira de você carregar no bolso a expectativa de beijar na boca a gracinha de menina que você acabou de conhecer. Vale lembrar que em muitos casos (e lugares) o beijo na boca é, salvo raros surtos, inviável. Você chegou num pitéu no meio do supermercado, ou da livraria, ou no meio da rua, no banco, e aí, bonitão? Você já sabe que este Manual é realista, e beijar na boca a gatinha nessas situações é surreal. O que lhe resta então? A resposta você já sabe. Com o telefone em mãos, você pode também se permitir pensar sobre algumas coisas. Se a mina te passou o número, é porque, inconscientemente, ela vai esperar sua ligação. Mesmo que ela não acredite que você vai ligar, ela sabe que isso pode acontecer um dia. E mesmo se ela for uma desconhecida para você, e vice-versa, ela já sabe o seu nome, sabe que você é, ou pode ser, um cara legal – do contrário não teria te dado os oito numerinhos. Isso quer dizer que você pode acreditar que, nesse telefonema, ela pode te escutar e o jogo pode ser ganho aí. Com a prática, você, cada vez mais xavequeiro, vai aprendendo a sacar as meninas e vai aprimorando sua sensibilidade para entender qual é o melhor momento e a melhor forma para conseguir aquele numerozinho mágico. A partir daí, algumas análises também podem surgir. Por exemplo, se, ao pedir o telefone da brota, ela te passar direto o telefone de casa e o celular, meu chapa, você tá bem na foto. Confiou, quer que você ligue. Agora, se ela te passar só o celular, podemos deduzir que ela está aberta para um segundo papo, para uma aproximação, mas ainda tem dúvidas com relação a você: "Quem é esse cara?". Mas pode ser também que o fato de ela conceder-lhe apenas o celular signifique que a donzelinha não quer um mala ligando às duas da manhã e acordando pai, mãe, irmão e papagaio. Por isso perguntas do tipo "*qual é uma hora boa pra eu te ligar? Não quero te atrapalhar*" são muito bem-vindas, tanto pela informação que você irá obter, como pela confiança que vai passar com essa preocupação. Bão, já que o tema aqui é telefone, vale dizer que, mesmo que você esteja agarrando aquela delícia inteira no meio da pista da balada ou no cantinho da festa, o jogo não está necessariamente ganho; cuidado, pois essa brota pode escorregar-lhe das mãos. Um descuido seu, "vou pegar uma bebida", e a sua princesinha some no meio da multidão, ou porque não quer perder a carona ou porque tá a fim de aproveitar um pouco a balada sozinha. Previna-se, my brother, peça o tel, num impulso, entre um amasso e outro, para não correr o risco de no dia seguinte acordar sem a menor esperança de rever a gatinha para prosseguir com o "diálogo". É isso aí. Entenda o número do telefone do piteuzinho como o caminho para futuros encontros – ele é o elo, a ponte; nunca despreze o poder de Graham Bell, e, caro amante do xaveco, peça telefones. Aqui, no seu Manual, *número de telefone* é quase sinônimo de *beijo na boca*.

Procedimentos no encontro com a professora

Se você está lendo de maneira entusiasmada esta parte do nosso Manual é porque algo lindo aconteceu, tudo até agora foi muito bem e você tem um encontro marcado. E, detalhe, um encontro com sua professora. Mas, calma lá, a brota do dia merece todo um procedimento especial, até agora pouco você era aluno dela. Aliás, não deixou de ser, lembre-se disso para não se equivocar e cometer deslizes desnecessários. É essencial aqui saber que a primeira briga é na tentativa de inverter esses papéis, mostrar que na hora do pessoal, da diversão a dois, você também tem muito a ensinar. Você deve mostrar toda a sua experiência de um jeito muito sutil, nunca exponha verbalmente suas virtudes. Surpreenda-a com gestos inusitados. Se vocês marcaram em um restaurante, por que não escolher um próximo a um fliperama? Isso mesmo, antes do jantar, como quem não quer nada, leve-a para bater uma ficha em sua máquina preferida. Mostre a ela a sua nostalgia, traga-a para esse universo descontraído do aluno que você é, divirtam-se. Vá, aos poucos, desmontando a carcaça professoral dela. Depois da molecagem, hora de falar como gente grande. Assim que chegarem ao local determinado (bar, restaurante, balada), saia para ir ao banheiro e mande um torpedo pelo garçom dizendo algo como: *Adorei ver que existe em você exatamente o que eu esperava, uma menina linda.* Ao voltar, não toque no assunto, converse bastante, descontraia, e evite falar do ambiente acadêmico. Quando o papo estiver no auge, diga, do nada, de repente, exatamente o que estava escrito no bilhete e boa sorte! Se ela tocar no assunto antes, não dê explicações e mude de assunto. Lembre-se de que essa é uma mulher madura, use isso a seu favor se for malsucedido no início. Diga a ela coisas como "*permita-se, aja com o coração, somos humanos, nesse momento você é uma mulher e eu um homem, é isso, oras*". Se necessário, mostre que ela pode confiar em você; lembre-se, não seria bom o nome dela aparecer em alguma fofoca na faculdade. Proporcione a ela a experiência de vivenciar um pouco o seu universo, é bobagem tentar o contrário nesse primeiro momento. Vale a pena tentar o bom elogio (ver "A arte do elogio", pág. 150), mulheres mais velhas adoram ser elogiadas por caras mais novos. Tenha confiança, ela já topou sair. No momento que julgar melhor, faça a aproximação física, pegue na mão, troque carinhos e ouse, sim, beijá-la. É o que você quer, seja, acima de tudo, sincero consigo mesmo! Boa sorte!

Procedimentos caso você ganhe uma carona da gatinha

É isso aí! Fim de balada, a brota te descolou uma caroninha. Óbvio, mais que ululante, que o importante aqui é a garota. Mas seus esforços, todos eles, devem provar o contrário. Ela, a brota do volante, deve ser, antes de tudo, a pessoa, o ser humano caridoso que te levou pra casa. Tenha isso em mente e agradeça muito. Durante a viagem não elogie a aparência dela, e sim, seu bom coração. Mostre-se cansado, inofensivo, mas sempre de bom humor. Não tenha medo de dizer o óbvio e engate uma conversa sobre a balada. Invente ou resgate uma história engraçada sobre você. Por exemplo, um dia em que foi pagar a comanda e estava sem a carteira. Ou sobre quando derramou toda a sua bebida na roupa. Desprenda-se da vaidade e tente levá-la a fazer o mesmo. Se o carro tiver som, peça a ela que lhe apresente suas favoritas, envolva-se em seu universo. O objetivo aqui é deixar algo no ar, mostrar que vocês dois juntos, mesmo que em uma simples carona, funcionam bem.

Em nenhum momento seja galanteador, opte por fazer da carona uma extensão da balada. Sinta-se à vontade no território dela e use o que estiver a seu alcance. Sutilmente, elogie seu jeito de dirigir, sempre atento aos detalhes. De repente, a maneira como ela troca de marcha pode ser sua obsessão. Você também pode optar por alojar sua doencinha no modo como ela pisa no acelerador. Faça graça. Elogie as virtudes práticas e psicológicas dela, e, repetimos, nunca a aparência. Quando você perceber que estão próximos de seu destino, invente um assunto ou comece uma história interessante que não dê tempo de contar até o final. E aí, peça o telefone; se ela já deu a carona, não vai regular o número. Salvo algumas situações especiais – que você será capaz de avaliar –, saia do carro sem tentar nada. Pegue as mãos dela e despeça-se beijando-as. Evite até o beijinho no rosto. Deixe esse inusitado carinho nas mãos como único registro de sua despedida. Fale simplesmente "*tchau, valeu*" e desça. Saia do carro com calma, bata a porta com cuidado. Dê um tapinha no capô e siga andando sem olhar para trás.

Procedimentos no primeiro encontro da praia

Vá até a casa dela, ou ao preciso lugar em que vocês combinaram, com apenas uma obsessão: beijar na boca. Você está na praia, o clima é favorável, ela é uma gatinha, não tem que ter meio-termo. Chegue na simpatia e cumprimente com um abraço rápido. Note como ela se apresentou a você. Está de banho tomado? Está perfumada? Está mais ou menos bonita do que no instante em que vocês se conheceram? Mais do que fazer uma avaliação criteriosa da fêmea, você deve reparar aqui até onde ela se preocupou (ou não) em se mostrar atraente pra você. Ela está mascando chiclé? Chupando um Halls? Fique atento à receptividade corpórea da brota. Você certamente estará cheiroso, e se não estiver com uma menta na boca é porque engoliu assim que ela chegou. Você quer beijá-la. Lembre-se disso, e, se achou-a bonita, atraente, diga, sem meias palavras: "*Você está bonita!*". Aqui é um exemplo em que esse elogio cai bem. Primeiro porque ele é inédito vindo de você. Segundo porque disse que *está*, não que *é* bonita. Não é tão lugar-comum como parece. E terceiro porque você já põe as garras de fora. Ela **está** bonita, logo, você a quer. Sentem-se na calçada, nos banquinhos, o mais informalmente possível e troquem a prometida idéia. Fale da vida, mostre seu lado mais simples, dêem boas risadas.

No auge da conversa, diga que precisa "*sair fora*", pois seus camaradas estão esperando. Diga que adorou revê-la. Levante-se e pegue na mão dela. Repita, nessa despedida, o mesmo abraço do "oi", e, quando for terminar o abraço, beije. Se ela vacilar, vale aqui uma insistência, vença pelo cansaço. Óbvio que tudo tem seu limite, mas, dentro do bom senso, seja realmente insistente. Se der tudo certo e o beijo fluir bem, tente marcar um encontro na balada, agora mais tranqüilo, sem afobação. Se fizer tudo como combinamos e Iemanjá estiver do seu lado, ufa! a noite está só começando.

Como proceder no primeiro encontro

Parabéns, congratulations, félicitations! Se você está lendo esta parte do nosso Manual é porque tem um encontro marcado com a gata. Primeira dica: chegue na hora. Nem antes, nem depois. Isso é importante para sacar a lógica dela: como ela vai se comportar? Ela chegou antes? Também foi pontual? Bem, vamos começar sendo pessimistas – ela ainda não chegou, passaram-se 5, 10, 15 minutos do horário marcado e você ali, cheio de dúvidas do tipo "ela vem ou não vem?! Caramba, será que vou tomar o balão mesmo?" (aproveite e leia a pág. 158).

Calma, tente relaxar, respire fundo e, passados 25 minutos, dê um telefonema. Não espere mais do que isso, pois, no caso de um bolo, ligar depois de 40, 50 minutos comprova que você ficou plantado esse tempo todo. Lembre-se de que você tem todo o direito de ligar, afinal, quem está atrasada é ela. Isso acontece muito, esteja preparado, donzelas dificilmente chegam na hora. Mas agora vamos cogitar que as coisas começaram a caminhar muito bem, obrigado. Ela chega! Tente cumprimentá-la com um abraço.

Se não for possível o abraço, busque o máximo de contato físico nessa primeira saudação, deixando clara a sua ternura por ela. Cuidado para não olhá-la como um lobo do pântano, isso pode pôr tudo a perder e ela pode se sentir acuada durante todo o encontro. Esse abraço deve ter o único objetivo de deixar os dois à vontade desde o início. Lembre-se de que você tem, além dos objetivos ridiculamente óbvios, uma meta: ser um cara legal e agradável. Se você tem dificuldade em desenvolver assuntos com pessoas que mal conhece, fique atento! Silêncios constrangedores podem ser desastrosos no primeiro encontro.

Pense em assuntos leves, fale bobagens. Em vez de despejar sobre ela suas virtudes, opte por contar sobre aquela vez em que você era pequeno e algo inusitado aconteceu. Seja pessoal, humano. Saiba ouvir – aliás, tente ouvir mais do que falar, e só entre em assuntos polêmicos se tiver certeza de que houve afinidade e empatia. Certifique-se de que uma provável discussão sobre política ou pena de morte não vá abalar o encontro. Eventuais divergências podem até ajudar, afinal, vocês se colocariam de maneira sincera ao discutir um determinado assunto, mas, na dúvida, evite esse embate. Observe, sim, os movimentos dela. Veja se ela mexe muito nos cabelos, se sorri com tranqüilidade e te olha nos olhos. Veja também se ela está curiosa a seu respeito, se te faz perguntas. Se isso tudo acontecer, bom sinal. Quando se sentir à vontade, tente pegar na mão dela e diga simplesmente que "*deu vontade de sentir você, a gente se deu bem, bom você estar aqui, te ouvir... e... é gostoso pegar na sua mão*". Se ela vacilar, sorria e continue com coisas do tipo "*qual o problema? O que a gente conversou até agora é muito mais íntimo que pegar na mão! E não está gostoso? Não é bom poder trocar um carinho?*". Estabelecida essa nova relação, já dá até para relaxar. Mão na mão... Coisa linda, né? Curta esse momento, explore o que essa aproximação proporciona. Não tenha pressa de ir "aos finalmentes". Pouco a pouco, explore outros carinhos, faça elogios sutis, sinta-a se envolver. Respire fundo, beba uns goles de água e, finalmente, depois de todo o esforço e determinação, beije-a na boca. Toda a comunidade xavequeira torce para que esse seja só o começo.

Como proceder no telefonema da praia

Telefoninho da brota da praia em mãos! Que beleza, hein?! Meus parabéns, mas nada de relaxar, a treta mal começou. Lembre-se: você não mora aí, está só passando alguns dias, possivelmente ela também, isso tudo faz desta uma situação diferenciada. Nada de embaçar para dar o telefonema. Você vai ligar no mesmo dia. Além do mais, sabemos do poder afrodisíaco da maresia; se você perder tempo, outro gavião chega na área. Nesse caso é cara-de-pau, confiança no taco e bola pra frente! Passe a mão no telefone e ligue!

Em outras situações seu *Manual do Xavequeiro* recomenda uma espera de dois dias para esse telefonema. Porém, como foi dito há pouco, essa é uma situação diferenciada. Mas o caso é que o telefonema no mesmo dia também tem suas vantagens. Ela pode se surpreender, é uma atitude ousada ligar horas depois de ter conhecido a gatinha. Além do fato de que, se sua moral estiver em alta com a sereia, a ligação vai pegá-la ainda embriagada dessa sensação, sem que a magia tenha se perdido. Enfim, é confiar, torcer, mas acima de tudo não perder tempo. Até porque você tá na praia, cheio de mulher, se é pra levar um caldo, que seja logo, né não? Um bom horário pra esse telefonema é lá pelas nove da noite. Horariozinho em que se presume que a gata já chegou da praia, já tomou seu banhinho e está fazendo hora pra sair para a balada.

Tenha consciência de que este deve ser um telefonema breve, sim, mas preciso. Diga logo a que veio. "*Oi, sou eu, o cara que te conheceu durante o dia, legal?*". Seja malandro, seguro. Possivelmente, em se tratando de praia, ela vai estar falando ao telefone com pessoas por perto. Não tente engatar um papo longo, meloso. Não é o momento para isso. Fale da balada. "*E aí, vai fazer o que mais tarde?*". Arranque dela informações precisas – aonde ela vai e, principalmente, a que horas. Ela deve responder à pergunta. Quanto a você, diga que as opções são muitas, que não sabe ainda o que vai fazer, mas que quer vê-la. Nesse "quer vê-la", seja absolutamente enfático. Sem mais nem menos, anuncie que vai passar na casa dela para "*trocar uma idéia*". Evite marcar um encontro na balada, dificilmente ela vai querer se prender a um cara que mal conhece com tanto macho dando sopa. Na balada ela também vai estar acompanhada de amigas (e amigos), perde-se a privacidade e pessoalidade que você tanto deseja. Sendo assim, my brother, insista. É a sua única opção. Até porque você não tem nada a perder. Dê seu sangue para conseguir o endereço dela. "*Vou dar uma passadinha aí, por que não?*". Se ela recusar, acuse-a sutilmente: "*Qual o problema? Foi tão bom o nosso papo de dia, vou só te dar um oi, ok?*". Caso ela proponha um rápido encontro, não na casa dela, mas em alguma sorveteria ou lojinha próxima, aceite. O importante é que o combinado não seja na balada, e que você tenha minutos da presença solitária da gatinha ao seu lado. Se ante tal drama e insistência você for premiado com um encontrinho com o pitéu, ponha aquela berma bacana, fique cheiroso, mas antes de sair de casa dê uma atenta passada na página 163 do seu Manual, pois esse evento merece.

Como proceder no primeiro telefonema

Muito bem, meu camarada. Aí está você, feliz da vida com o telefone da brota anotado naquele pedacinho de papel, no seu celular, enfim, pode se animar!, só o fato de ela ter te descolado esse contato já é muito bacana. O pitéu, consciente ou inconscientemente, concluiu: "Ok, vamos ver qual é a desse cara". Foi um crédito. Pense nisso. Mas vamos ao que importa: como proceder agora? Não há aqui regras absolutas. Há, sim, cuidados e procedimentos básicos. Em primeiro lugar, atenção ao horário da ligação. Qual a idade dela? Ela estuda, trabalha, tem tempo livre? Mora sozinha ou com a família? Enfim, leve todas essas informações ou impressões em consideração na hora de dar o sagrado telefonema. Elimine todas as possibilidades possíveis de ser inconveniente.

Genericamente falando, evite um telefonema depois das 22 horas. Seja para a casa, seja para o celular da brota, jamais dê esse primeiro telefonema depois das dez, malandro. Claro, se você ligar e ela por algum motivo pedir pra você retornar à meia-noite é outro papo. Mas, nessa discagem inicial, um telefonema lá pelas oito da noite pode ser uma boa. Ou à tarde, por que não? Tudo depende do ritmo de vida da gatinha. O bacana é você tentar sacar os horários dela e encontrar uma hora legal para um bom papo. Outro ponto crucial e que pode definir seu destino com a gatinha é a data do telefonema. O ideal é ligar dois dias depois de conhecê-la. Esses dois dias denotam certa tranqüilidade. Essa atitude não faz de você um desleixado (você não esperou uma semana para ligar) nem um desesperado. Dois dias. Tempo estratégico. Na dúvida do que fazer, opte por essa ação. Mas há – e como há – exceções. No caso de a gata ter sido muito simpática com você, se você sentiu que o lance rolou bem, ligue, por que não, no dia seguinte. Existem também aquelas situações em que a mulher deu o número movida por um impulso intenso, mas efêmero. Nesse caso, esperar pelos dois dias pode fazê-la pensar com frieza no assunto, ela pode até se arrepender de ter dado o tel (isso realmente acontece). Se foi o que você percebeu, pode arriscar um telefonema até no mesmo dia. Justifique esse contato precoce com falas do tipo "*desculpe, mas foi muito louco o que aconteceu, eu precisava falar com você...*". De qualquer forma, antes de fazer a ligação, analise bem e determine com lucidez a melhor data para ligar. E antes de ligar, observe-se. Como está sua respiração? A boca está seca? Controle-se, respire fundo, beba uns goles d'água, ache uma posição confortável.

Lembre com carinho da brota e pense com objetividade: "O que eu quero dela?". Eduque-se para responder: "Eu quero um bom papo, quero vê-la de novo! Serei simpático, inteligente, engraçado, sem ser babaca. Enfim, vou me mostrar um cara interessante". Outra dica é você, antes de ligar, ter algum assunto descolado para engatar. Pense em algo bacana que você fez durante a semana, ou em algum momento de sua vida, e deixe na ponta da língua. No caso de um silêncio constrangedor durante a conversa, você terá esse assunto salvador. Mãos à obra! Seja informal logo de cara, "*oi, posso falar com a Ana?*" é uma boa opção. Evite "bom dia", "boa noite" e outras formalidades, a não ser que você consiga dizer isso com uma certa graça, revelando-se um cara descolado logo mais. No caso do "quem é?" como resposta, não se afobe, diga com tranqüilidade seu nome e aguarde. Se vier o "é ela, quem é?", diga seu nome com a mesma tranqüilidade, seguido de um "*tudo bem?*". Ouça com atenção, e analise o exato momento em que ela descobriu que você é você. Saque se rolou ou não uma certa empolgação ou surpresa. Mas, no caso de uma resposta fria, não se abale. Algumas meninas adoram segurar a onda para fazer um charme e não demonstrar entusiasmo. Se pintar uma insegurança, respire fundo novamente. A partir daí, assuma o comando. Evite começar com um lúgubre "*se lembra de mim?*". Parta do pressuposto de que ela se lembra, sim! Isso transmite segurança. Vá logo engatando um assunto e, assim que possível, certifique-se de que você não está atrapalhando. Perguntas como "*dá pra falar?*" são sempre bem-vindas. Lance, como quem não quer nada, "*e aí, terça-feira... como é que está o seu dia? Muita coisa pra fazer?*"; se ela responder que **não**, que está tranqüila, que já acabou tudo o que tinha para fazer, comemore! Você ganhou o aval para continuar o papo. Mas se ela lançar coisas do tipo "*nossa, cara, estou superatarefada, minha vida tá uma confusão...*", fique esperto. Nesse caso, seja direto e pergunte se ela prefere que você ligue outra hora e qual o melhor horário. Siga as instruções dela. E quando finalmente for rolar esse esperado papo pelo telefone, sugira o assunto que lhe vier à cabeça, mas não foque muito a ocasião em que vocês se conheceram. Busque novas informações sobre ela, sem bancar o investigador de polícia. Durante a conversa, elogie a voz da moça no tel, sua maneira calma de falar. No ponto alto da conversa, quando o papo estiver bom mesmo, dê uma pausa enigmática e faça o convite. Uma boa dica aqui é convidá-la para fazer algo de que você gosta. Tenha propriedade sobre o convite, apresente-a ao seu mundo. Evidentemente, você deve usar o bom senso, não vá convidar a mina pra jogar futebol de botão. Mas algo diferente pode pegar bem. Algo que ela não conheça, que pode enriquecer seu dia; use inclusive esses argumentos para persuadi-la, se necessário. Marque hora e local e, se o encontro for marcado, irmão, é sinal de que você está lendo o Manual direitinho, hein? Mais um importante passo foi dado e, com a ponta confirmada com a brota, vá à página 163. Mas, se ela "ficar de pensar", pergunte quando é que **você** liga para obter a resposta. Nunca deixe a responsabilidade do segundo telefonema para ela, pode rolar uma triste decepção. A ação é sua. Confie e seja você mesmo.

Agradecimentos

Se meu camarada Ismael de Araújo não tivesse abraçado a idéia de um manual de xavecos, estas linhas não estariam aqui: Ismá, obrigado. Agradeço a outro irmão, Emiliano Javier Miranda, responsável pelo nosso site e que traz na alma a essência do livro. À jornalista Bárbara Semerene, um beijo e também um obrigado pelo "empurrão". E, por fim, agradeço ao Laboratório de Criação Literária do Museu Lasar Segall – representado nas figuras de Gílson e Áurea, meus pais. Ali, a dosada leitura e o debate do livro apontaram idéias e caminhos.

Fabiano Rampazzo

Agradeço em primeiro lugar ao chapa Fabiano Rampazzo as aventuras e delírios madruga e vida adentro que originaram o livro. Depois, vale citar aqui meus gurus, Ewerton de Castro, Zé Renato e Zeca Camargo, que, respectivamente, me incentivaram na arte de interpretar, nas letras e no interesse pelo comportamento da moçada. E registro aqui o exemplo de força que tive com o seu Inácio, meu pai, e com o outro Inácio, psicanalista que me ajuda a desvendar o meu próprio comportamento e o dos outros.

Ismael de Araújo